dtv

Sie findet sich dick und unansehnlich und für gar nichts gut. Alles um sie herum ist zum Kichern komisch. Sie nimmt zum ersten Mal den Jungen aus der Nachbarschaft wahr und fragt sich, was Liebe ist. Und sie lernt Wörter wie Minderwertigkeitskomplex, Versagensangst, Frustrationsschwelle, Tabu und Triebe. Sie ist ein Mädchen mitten in der Pubertät. – Witzig und unsentimental, in einer raffiniert einfachen Kunstsprache erzählt Friederike Kretzen von jener verwirrenden Zeit des Heranwachsens zwischen dem Ende der Kindheit und dem Erwachsensein. Es ist ein virtuoses Spiel der Wörter und Bilder – und ein einzigartiges Porträt der späten sechziger Jahre.

*Friederike Kretzen,* 1956 in Leverkusen geboren, studierte Soziologie und Ethnologie. Schon während des Studiums baute sie eine Theatergruppe auf, arbeitete später als Regieassistentin am Gießener Stadttheater und als Dramaturgin am Residenztheater in München. Seit 1983 lebt Friederike Kretzen als Schriftstellerin, Publizistin und Dozentin in Basel.

Friederike Kretzen

# Ich bin ein Hügel

Roman

Deutscher Taschenbuch Verlag

Ungekürzte Ausgabe
November 2001
Deutscher Taschenbuch Verlag GmbH & Co. KG,
München
www.dtv.de

Umschlagkonzept: Balk & Brumshagen
Umschlagbild: ›Normalzeit – Die Liebenden‹ (1932/34)
von Man Ray

Gesamtherstellung: Druckerei C. H. Beck, Nördlingen
Gedruckt auf säurefreiem, chlorfrei gebleichtem Papier
Printed in Germany · ISBN 3-423-12926-3

Es gab das Meer. Wir schwammen. Wir schwammen Kopf voran in der Hühnerfuttertonne. Zusammen mit den ein wenig zerstückelten silbergrauen Fischen. Und rote Krabben streckten ihre Fühler aus, die, trocken wie sie waren, stachen. Das war das Meer, das wir, wenn wir nicht schwammen, den Hühnern brachten, die es aufpickten. Und wir sahen zu, wie sich in ihren Bäuchen das Wort Meer abzeichnete. Und so, wie in Hühnern Meer stecken kann und sichtbar wird, ist es mit dem Mädchen. Das in der Hühnertonne schwamm. Dann fraßen die Hühner das Meer, und das Mädchen las in den Bäuchen der Hühner: Meer. Das Mädchen wird älter, die Hühner verschwinden, das Meer, die Tonne, raus mit dem alten Haus aus der aufstrebenden Stadt. Ehemalige Hühnerställe werden verputzt, der Boden betoniert. Jetzt stehen da Vorratsschränke voll mit Ananas und polnischem Huhn in Dosen. In diesem Zimmer hört das Mädchen, das schließlich eine junge Frau wird, die Hühner singen. Und natürlich, sie singen vom Meer.

Dann ist es nicht mehr wieder zu erkennen. Und auch kein Kind mehr. Sag guten Tag, sagen die Leu-

te, wenn das Mädchen wissen will, warum sie leben und sich nicht wehren. Und rauch nicht auf offener Straße, sagen sie.
Was wissen wir von einem Mädchen? Was kann es, fühlt es, und hat es irgendwo was verloren? Wie soll nur die Sprache drauf kommen?
Die Hühner, ob in Dosen oder auch nicht, schlagen die Augen auf. Oh ja, das Mädchen ist schon mal da gewesen. Mädchen sind keine Träume, sie sind dazwischen. Und wer Mädchen kennt, kennt keine Träume.

*1*. Im Sommer 1970 fängt es an. Ich bin nichts mehr. Was immer noch besser ist als das, was vorher war, als ich ein Kloß war. In dem es gefährlich lauerte und kurz davor stand, einfach irre zu werden. Das Fett, in dem ich steckte, aber half, hielt unten, was da – ähnlich wie das Fett – böse anschwoll. Seit ich auf das Gymnasium gekommen war, schwoll es. Ich kannte nichts von dem, was da an dieser Schule war oder geschah oder ist. Sie sprachen anders und auch noch andere Sprachen. Die Räume sahen anders aus, die Kleider der Mädchen, ihre Stimmen. Und was meinten sie bloß, wenn sie mich beim Namen nannten. Und war es nicht überaus nett von ihnen, mich anzusprechen und meinen Namen zu wissen? Ich versuchte – ich gab mir wirklich Mühe –, mich zu meinen, wenn sie meinen Namen sagten. Aber früher oder später ließen sie mich links liegen, und so gab ich meine Versuche wieder auf. Ich wusste nicht, wie ich mich aus der Welt schaffen sollte, und ging jeden Tag wieder hin. Das hatte nichts zu tun mit Lernen. Vielmehr mit auf Knien den Berg hochrutschen, sich niederwerfen, schnüffeln, das Ohr am Boden. Oh, ich war ja noch jung. Und ich litt nicht; ich arbeitete.

Du bist zu dick, sagt unsere Nachbarin. Was, zu dick, sagt meine Mutter. Ja, zu dick, sagt Frau Nauber. Sie ist gut dabei, sagt meine Mutter. Nein, Ihre Tochter ist dick. Pummelig, sagt meine Mutter. Nein, sagt Frau Nauber, dick. Und wirft die Türe hinter sich ins Schloss. Hör nicht auf sie, sagt dann meine Mutter, und ich höre nicht auf meine Mutter.

In meinem Zimmer lege ich Essenslisten an. Ich schreibe auf, was ich esse, und daneben schreibe ich: Nicht mehr essen.

2. Ich nehme mein Bett und ziehe in das Zimmer, in dem schon mein Schreibtisch steht. Ich will nicht mehr auf der anderen Seite des Ehebetts neben meiner Mutter schlafen. Ich kann ihr Korsett nicht mehr sehen. Sie trägt immer nur das eine, die Schränke sind voll mit anderen. Die Strapse hängen ausgeleiert ins Leere, wenn sie das Korsett über die Stuhllehne hängt, die silbrigen Häkchen an der Seite warten mit den Ösen auf der anderen Seite in gegenseitiger Mäusestellung, bis sie sich wieder um ihren Bauch beißen. Während meine Mutter neben mir atmet. Sie träumt und bewegt sich, und ich weiß nicht, wo. Sie ist ein Planet, der in der Nacht, wenn niemand mehr sieht und keiner weiß, zu leben beginnt, und schon hat sie mich gesehen und sagt: Mein Kind, und droht mit dem Beil und will mich, Kopf und Rumpf und Arme und Beine voneinander getrennt, zu sich in den Bottich werfen. Sie ist ein Schwimmplanet. Und meint's nicht bös, sagt sie, es muss nur sein. Und tut's. Am Morgen blute ich. Nun ja, das ist so, und einmal ist immer das erste Mal. Meine Mutter sagt, du kannst auch ein Stück Stoff nehmen, eine Windel. Ich habe einen rosa Hüft-

gürtel, und ich weiß nicht, wie ich ihn anziehen soll und wo was dranhängen: Strümpfe, Binden, Beine. Von denen, wie ich es auch mache, immer ein Stück unbedeckt bleibt, nackt einfach, und die Kälte schneidet. Die Luft ist ein Zersägekasten, das Becken friert. Ich will aber nicht bluten. Ich schwör's. Und blute dann auch nicht mehr, ich hab's ja gesagt. Vielleicht war's auch nur eine Nierenbeckenentzündung.
Meine älteste Cousine bekommt ein Kind, ein Mann ist nicht da. Und immer läuft das Kind blau an, wenn es schreit. Es kann einfach nicht aufhören. Von seiner Mutter bekomme ich einen weißen und einen hautfarbenen Lippenstift geschenkt, und ein Döschen mit Wimperntusche mit einem kleinen Bürstchen zum Auftragen. Immer wieder schaue ich in die Dose, in den Spiegel im Deckel, sehe meine Augen, die die Wimperntusche streifen, das Bürstchen. Ich kann's nicht anrühren. Und weiß nicht, wie ich aus dieser Dose wieder rauskommen soll, in der meine Augen liegen, gebürstet werden wollen, und mich anschauen, sobald ich mich zeige. Die Tusche kann mit Spucke angerührt werden. Erst werden die Wimpern gebürstet, dann ausgekämmt. Mit dem weißen Lippenstift auf den Lippen spreche ich weiß. Mit dem hautfarbenen Hautwörter, jedenfalls fühlen sie sich so an.

3. Ich weiß nicht, was ich bin, will aber weg und nicht mehr zu den Bergen gehören.

Ich hatte mir in den Kopf gesetzt, ein Hügel zu werden, und eben das wollte ich lernen. So kam ich eines Tages von den Bergen, und im Kopf saß ein Hügel, den ich mir da hineingesetzt hatte. Und ich sagte, das wird schon noch, Freundchen. Zuerst wollte ich lernen, wie ein Hügel zu essen und wie ein Hügel zu schlafen. Zu atmen wie ein Hügel wollte ich auch lernen.

Da war ich gerade vierzehn Jahre hoch, vierzehn Jahre breit, und in die Tiefe wollte ich auch.

Nun ja. Es war einmal, war gut und schön. Aber einmal ist keinmal. Was reiner Trotz ist, und nur weil ich's mal wieder wissen will, sagt meine Mutter. Ich hatte mich also selber vor die Türe gesetzt. Quasi vor die Tür der Berge und zu ihren Füßen. Und im Kopf hatte ich den Hügel sitzen, der endlich was sehen wollte und erleben auch. Was ganz normal ist für die Zeit im Leben, die jetzt beginnt, und es war ja einmal.

Singen heißt, aus dem Haus gehen, sich hinsetzen, den Himmel ansehen und mit dem Hügel im Kopf die Sterne lesen. Ich singe. Wenn auch zunächst innerlich und leise. Mit meiner Lungenstimme. Zwerchfellgestützt. Wo die Zwerge leben und sich regen in mir. Dazu summt der Hügel, reine Kopfstimme. Ein bisschen näselnd vielleicht, aber auch vornehm. Wir wollen Tee trinken zusammen und Sardellenbrötchen essen, tönt es, und ich denke an *Hanni und Nanni*, die das auch taten, und darum wollte ich, bevor ich mir den Hügel in den Kopf setzte, ins Internat, wo aber keine wie ich hinkommt. Nur wenn man reitet als Mädchen und eine bildschöne Mutter hat. Sehr gern, singe ich in Zwergenstimmung. Und gehe mir als Hügel in die Knochen. Es ist reiner Übermut. Was mehr ist als Mut gut sein kann. Schon renne ich, wie jeden Morgen, wenn ich aufwache, los, den Berg hinunter, über den Bach, durch den Wald zur Bushaltestelle, wo gleich der Schulbus kommt. Und suche andere Hügel. Ist doch klar. Ich will leben und der Hügel auch. Wir denken an Dschingis Khan. Wir wissen kaum etwas von den Menschen im Osten, dem wirklichen Osten, meine ich. Nur dass sie Drogen nehmen. Und ganz anders sind. Und sind sie nicht wild und klein und ihre Pferde krumm und gebogen? Frau Wunsch ist unsere Geschichtslehrerin. Manchmal weint sie vorne am Pult, und sie zittert, denn sie fürchtet, dass die Russen kommen. Jetzt und hier durch die Tür, sagt sie. Wenn sie bloß nicht so unhöflich wären. Wie anders war da Dschingis Khan. Er hat alle Schlachten gewonnen. Oh ja, sagt sie, jede, er wäre bis zum Atlantik gekommen. Denn er wusste alles. Überall saßen seine Spione und kundschafteten die Berge, die Flüsse, die Unebenheiten des Bodens aus. Doch dann wurden sie alle von überall her zurückgerufen. Dschingis Khan lag im Sterben. Dann war er tot. Seine wilden Ponys trugen schwarze Schärpen. Oh, sie waren sehr traurig, sagt sie. So blieb der Atlantik der Atlantik. Schwamm drüber, über all das Blut, sagt der Atlantik. Und ich sage: Ich bin ein Hügel. An diesen Satz halte ich mich.

4. Auf dem Speicher in unserm Haus liegen, in Kartons verpackt und mit Seidenbändern zusammengebunden, hellgrüne Betttücher, für die Hochzeit meiner Mutter bestimmt. Was für eine ausgefallene Farbe. Stockflecken gehen aus keiner Wäsche raus, und von Stockflecken sind die Betttücher übersät. Die Frucht des Wartens und Aufhebens. Ich gehe in die Küche runter und schaue meiner Mutter zu. Sie füttert den Papagei, wozu sie ihn aus dem Käfig lässt, er fliegt ihr auf die Schulter, und sie hält ihm Apfelstücke, Nüsse und ein Blatt Salat hin. Dieses Vieh frisst ihr aus der Hand. Gurrt sogar, verdreht die Augen, sein grünes Gefieder will blau werden, läuft schon an. Und manchmal nimmt meine Mutter ein Stück Apfel zwischen die Zähne, und der Papagei frisst es ihr von den Lippen. Sobald aber ich in ihre Nähe komme, krächzt er, und wenn er kann, kneift er mich oder meine Bluse, in die er ein Loch reißt. Mutti, sage ich. Später, sagt sie, ich füttere gerade den Papagei. Mutti, sage ich. Siehst du denn nicht, du weißt, er wird böse, wenn ich mich nicht um ihn kümmere. Du und dein Papagei, was ist mit den Betttüchern auf dem Speicher, sage ich. Welche, sagt

sie, und schon schreit der Papagei. Die grünen, schreie ich zurück. Der Papagei auch. Ich werde nie heiraten, schreie ich in das ohrenbetäubende Krächzen des Papageien und reiße die Türe auf, worauf der Vogel auffliegt und natürlich nicht weiß, wohin, und wo er landen soll, nur wild mit den Flügeln schlägt er, und er kann auch nicht richtig fliegen. Federn lösen sich unter den Flügeln, rieseln zu Boden. Ich werfe die Türe hinter mir zu und schreie: Nie.

Ich höre die Flügel des Papageien gegen den Schrank stoßen, und meine Mutter redet mit ihm, als wäre er ihr Baby und rund und süß. Gleich singt sie, denke ich, und gehe zurück auf den Speicher, reiße alle Betttücher aus ihrer Verpackung und überlege, mir ein Zelt daraus zu nähen, ein hellgrünes. Und ich will mich rächen. Am blauen Himmel. An meiner Mutter. Ich werde mich nicht mehr bewegen. Ich bleibe auf dem Speicher. Auf der Aussteuer meiner Mutter sitzen. Neben den Koffern, die sie da oben auch noch verstaut hat, fertig gepackt für den Notfall, wenn sie oder ich oder mein Vater ins Krankenhaus müssen. Diese Koffer voller Handtücher, Nachthemden, Pyjamas und Seifendosen sind immer da und wachen. Und einer dieser Koffer, er steht zuhinterst, ist bis zum Rand voll mit den Röntgenaufnahmen der Lunge meines Vaters. Die Löcher darin sind schwarz.

Meine Gedanken stoßen gegen einen steinigen Haufen in mir, an dem ich mir, würde ich mit den Zähnen denken, alle ausbrechen würde. Ich denke aber anders auf dem Speicher, neben den Betttüchern meiner Mutter und stoße an die steinige Gegend in mir, für die ich keine Erklärung habe. Die Steine sagen nichts, sie sind in mir und sind kein Dach.

Und so, anstelle weiter zu denken, erinnere ich mich an das Nadelkissen in Form eines Fischs, das ich meiner Mutter gebastelt habe, als ich noch klein war. Der Fisch war aus dem gleichen Stoff gemacht wie mein Turnbeutel, und sein Maul schnappte weit auf, wo die Sicherheitsnadeln ihren Platz fanden. Der Fisch schwamm im Nähkorb meiner Mutter zwischen Garnen, Gummibändern und der Schere, die einen Reihergriff hatte, und die Schneiden waren der Schnabel. Meine Erinnerungen schwimmen. Und sind eine Art Leine. Auf dem Grund liegen pralle Stoffballen, wie die, die meine Mutter auf den Speicher geschleppt hat. Nichts als Flickwäsche ist darin, die sich mit der Zeit neben dem Nähkörbchen angesammelt hatte, bis sie so viel geworden war, dass sie in ein großes Stück Stoff – einen aufgetrennten Rock oder Mantel – eingewickelt, zugeknotet und auf den Speicher zu den anderen eierartigen Bündeln gebracht werden musste. Von denen ich oft träume, an die mein Denken gebunden ist, wenn ich mich erinnere, wie ich ein Fisch war und später meiner Mutter einen Fisch bastelte mit aufgesperrtem Maul. Als Ausgleich, da sie mal mein Meer war, und das Wasser, in dem ich schwamm, und das der Vorläufer der Luft war für mich. Meine Gedanken schwimmen. Und schwimmen weiter. Das ist erinnern. Und wann schwimmen sie, und wann fliegen sie? Wann ist schwimmen fliegen? Ich bin ihr Vorläufer der Luft, mit einem Körper, der ein krummer, ein dicker, ein ganz und gar unansehnlicher ist. Der besser nicht da ist, der besser Luft ist für mich und nichts anderes, der ein Freund der Zuneigung ist. Er will sich zuneigen, den Bäumen, den Blumen, den Sträuchern, den jungen Männern, Armen, Rücken, Beinen von so einem jungen Mann, seinem Bauch, der Hose. Mein Zuneigungskörper, der sich den Körperhimmel wünscht. Wo immer der auch sein mag. Er scheut keinen Weg, keinen Aufwand. Steht er am Meer, will er übers Meer oder versinken. Warum ist er kein Meer geworden. Mein Meerkörper. Mein Märchen. Es war einmal ein Körper. Und wenn er nicht stirbt, dann lebt er. Und ich bin er, der Zugeneigte, der von mir Abgeneigte. Er träumt vom Meer, ich von der Erde. Wir bewegen uns fort, lassen uns von der Erde drehen und vom Mond ziehen. Wir bewegen uns weiter. Niemand hält uns, und wir uns nicht an uns. Füchse, solange sie klein sind, legen sich auf den Rücken, falten die Pfoten auf der Brust und lassen sich den Pelz brennen.

5. Heute ist ein entscheidender Tag. Ich habe heute Klaus getroffen, den Jungen aus der Nachbarschaft. Sein Freund Kurt, der mit Elsemarie geht, war nicht dabei. Da war er schon ganz anders. Klaus, habe ich gesagt, entweder gehen wir zusammen, dann kannst du mich nicht einfach immer so anfassen, wie du's versuchst und als ob's keiner merken würde. Oder wir gehen nicht zusammen, und dann, na ja. Er ist dann mit seinem Fahrrad davongefahren. Ich habe noch etwas im Wald auf der Bank gesessen, von der keiner weiß, wie die eigentlich dahingekommen ist und ob sie eine Spende ist. Ich glaube, er will nicht mit mir gehen. Elsemarie meint zwar ja, aber heißt das auch Ja? Und sie hat mir im Bus, als wir zur Schule fuhren, gesagt, dass er, Klaus, sie küssen wollte, aber sie hätte nein gesagt, sagt sie, und hätte ihm gesagt, wie Mädchen sind, und was sie denken. Sie sagt, sie hätte ihm auch über mich was gesagt. Aber jetzt bin ich sehr wütend. Was fällt denen ein. Das greift meinen Stolz an. Und dann ist auch noch Schützenfest, oben auf der Wiese neben der Busschleife. Es regnet, es fällt ins Wasser. Im Festzelt spielen *Dream* und *Group*. Am Ausgang des Zelts

treffe ich Klaus, er hat schlechte Laune. Was soll das, bin ich die Prinzessin oder ist er's? Ich rede kein Wort mit ihm. Lieber verschlucke ich alle Erbsen, als auch nur eine zu spüren.
Dann kommt auch noch Altmann. So wird er genannt. Ich kenne ihn von einem Konzert in einem Park, und bei einem anderen Konzert in einem anderen Park hat er zu lange in die Sonne geguckt und hat sich die Augäpfel verbrannt. Tagelang hat er nur schwarz vor Augen gesehen. Er ist zierlich, schmal, kein Kind von Bauern, wie Klaus und Kurt, mit dem Elsemarie geht, und die uns behandeln, als wären wir ein bisschen interessantere Kühe. Altmann ist schüchtern. Er kommt, steht neben mir, sagt aber nichts. Als er nur noch Schwarz vor Augen sah, konnte er mich noch nicht einmal mehr sehen. Er ist auch nicht wie die Musiker von *Dream* oder *Group*. Die meisten von ihnen gehen aufs Landrat-Lukas-Gymnasium und spielen auch Theater, was was anderes ist. Ich habe den *Lusitanischen Popanz* in der Aula des Gymnasiums gesehen. Er glich dem Mond. Unter Lusitanisch konnte ich mir nicht viel vorstellen. Lust, Andalusien, A und B. Die Vorstellung gefiel mir. Ich erkannte nichts wieder und spürte genau, was war. Das nannte ich äffisch und fand's schön. Der Mond hatte vier Beine. Und in alle vier Richtungen ein Fenster. Um ihn herum waren die Menschen, die er unterdrückte, wie er auch das Meer hin und her zieht. Der Mond wie der Wind, der die Bäu-

me, die Äste, die Blätter, die Grashalme hin und her biegt. Auf der Bühne haben sie gesungen. Laut und falsch. Das war der falsche Ton, von dem das Stück handelte. Popanz ist aus Gummi. Der Mond ein Gummimond, ist alles künstlich? Wer ist, denke ich im Dunkeln.

Mir gefällt, dass ich die, die auf der Bühne anders sind, morgen wieder im Schülerbus sehe. Als wäre nichts geschehen. Alle tun so. Als wäre nichts geschehen. Wie soll ich das aushalten. Ein Tag ist ein Loch. Und alle gehen weiter. Der Bus fährt. Ostermann in Englisch will Vokabeln wissen. Ich schmeiße sie ihm hin und behalte nicht eine. In dieser Zeit lerne ich Wörter wie: Minderwertigkeitskomplex, was einen Leib hat und einen Kern, wie ein Pfirsich. Ich lerne auch Versagensangst, Frustrationsschwelle und Tabu. Und es gibt Triebe, lerne ich, die gehen rauf und runter und schützen nichts vor nichts. Genau genommen auch nicht mich und nicht mich auch nicht. Berg und Tal sind für die Triebe nichts. Weil vom eigenen Rauf und Runter der Unterschied von Rauf und Runter verschwindet. Wer Triebe hat, braucht Mut.

Und Altmann, dieser kleine Freund, kein Bauernsohn, wie gesagt, aber auch kein Gymnasiast mehr. Er kommt um sieben Uhr mit dem Bus. Die Bushaltestelle ist vor dem Restaurant von Kamps, wo wir uns untergestellt haben und warten, dass der Regen aufhört. Er wartet mit, gibt mir aber noch nicht einmal die Hand. Als sich der Schlagzeuger der Gruppe *Group* zu uns stellt. Sofort fängt Elsemarie an, laut zu lachen und mit ihren dicken Oberarmen zu rudern. Er aber redet mit mir. Es gibt also doch noch Märchen – war's das von Dornröschen? Ich stelle mich schlafend, aber nicht zu sehr. Er redet vom Wetter und von London. Dass er dort war und dass dort was los ist. Soll ich davon träumen beim Schlafen? Warum ist hier nichts los, heißt der Traum. Lass mich nicht los, heißt ein anderer. Der Typ gibt an. Elsemarie lacht schon wieder, und Altmann sagt, ich fahre zurück. Was er tut. Der Schlagzeuger fasst mich an, am Arm, an beiden Armen, was soll's, ich bin nicht da.

Lass mich, sage ich, kleiner als ein Granatapfel. Der Regen hört nicht auf, ich gehe nach Hause, wo meine Mutter schon jedes Zimmer vollgeredet hat, und noch immer ist es ihr nicht genug. Ich halte ihr die Faust durch den Türspalt ins Zimmer und gehe die Treppe hoch. Lasst mich doch in Ruhe, sage ich. Und hoffe und hoffe und hoffe. Was nicht stimmt. Ich versuche zu weinen, weil das gut tun soll, aber ich kann nicht weinen. Warum auch. Ich wünsche mir, jemand würde jemandem sagen, ich sei sehr nett.

Wenn ich mir was aus dem Kopf schlagen will, schreibe ich es auf und streiche es dann durch. Aber was einer zu einem anderen über mich sagt, das kann ich nicht in meinem Kopf haben und also auch nicht da raus kriegen. Was ich mir nicht aus dem Kopf schlagen kann, macht mir Angst. Da oben, im leeren Kopf allein. Ist ein Kopf ein Mond? Aber dieses Mondgesicht hat wohl jedes Mädchen in sich. Enthalt mich, lieber Mond. Ich kuschle mich rund um die Erbse, und hoffe nun wirklich, dass wenigstens im Traum was los ist.

Die Prinzessin auf der Erbse nämlich ist ein Seelenkapitel. Immer und nicht nur früher ist das Gefühl von was, was wir wollen, was es nicht gibt, erbsengroß. Und die Prinzessin auf der Erbse weiß, dass das, was wir wollen, das ist, was es nicht gibt. Sagen wir ruhig Erbse dazu. Die Erbse, die der Prinzessin den Schlaf raubt. Aber nicht das Leben. Diese. So eine. Die Erbse drückt. Erbsen und Punkte sind Gestirne für Mädchen. Trifft jemand die Stelle, gibt's einen Ton. Es gibt Stellen, die gern auf der Erbse liegen. Und ich weiß, ich gehöre nicht zur Welt, bin aber auf ihr. Und sammele Erbsen. Ich träume, an einer Leine aus Erbsen aufzusteigen oder hinauszuschwimmen. Ich will was zum Anfassen, und so klammere ich mich an den erbsengroßen Körper eines Käfers, der zum Mond fliegt, wo sein Bein liegt und wie ich es schon früher getan habe. Von der Erde aus gesehen ist der Mond eine Erbse, und so hebt mich der Käfer auf seinen Rücken und schwingt sich in die Luft. Meine Beine hängen lang herunter. Jemand im Hintergrund spielt Klavier, ist da die Erde?

Es ist dunkel um mich herum, nur vor mir der Mond

und zwischen meinen Beinen der erbsengroße Käfer. Elsemarie, meine Freundin, spielt wieder das Lied des Vogels in der Nacht. Eines Tages, in dem Zimmer neben der Wirtschaft ihrer Eltern, die Männer, ihre dicke Haut, ihre Wänste, die Quallen, die in ihren Augenhöhlen schwimmen, im Rauch, im Flur neben der Küche die toten Fasanen, Hasen, das Reh, die Tiere, die sie frisch geschossen haben, Elsemarie spielt Klavier, und ich fliege zum Mond, die Monderbse, ein Flugkörper. Hab ich Erde unter den Füßen? Wer ist dieser Käfer zwischen meinen Beinen?

6. Ein Mädchen. Ich. Ein Hügel. Der bin ich. Ich bin ein Hügel. Du, sag ich, wo fängst du an? Wo hörst du auf? Ist ein Blatt denn ein Hügel? Nun ja, es heißt, Lügen haben Beine. Und stehen bequem auf Blättern.
Ich bin sehr aufgeregt. Die Haare stehen mir zu Berge. Irgendwie, ich weiß auch nicht wie, will ich an den Indianer anknüpfen. Der mein erster war. Von Anfang an. Ich sagte Winnetou zu ihm und ging mit ihm unter Geiern. Sein Freund Lex Barker wirbt für Seife, die sanfte Hände macht. Indianerhände. Ich werfe mich in den Silbersee. Der lag in meinem Spielzeugdorf, das ich jeden Tag auf dem Wohnzimmerboden aufstellte, um es abends wieder in der Sumatra-Zigarrenkiste zu verstauen. Die schmalen Holzenten schwammen auch auf dem See, der Hund von einem der Bauernhöfe lief drum herum. Er bellte, er war ganz angeschwollen von den Mücken, die er sich aus der Luft geschnappt hatte. Der See ist ein runder Tischspiegel. Meine Mutter hat ihn mir gegeben und gesagt, das ist ein See. Schau rein. So ist dein Dorf doppelt so groß. Und der Himmel, wenn du in den See schaust, bist du.

Immerhin hat meine Mutter, so oft sie konnte, wenn sie bei ihrer Tante in Oberkassel zu Besuch war, und solange sie ein Mädchen war, am Märchensee auf einer der Zuschauerbänke gesessen und die Bühne angestarrt. Egal, ob dort und halb auf dem Wasser, eine Vorstellung stattfand oder nicht. Sie hat tagelang da gesessen. Mit einem weißen Kragen und einer Schmetterlingsschleife im Haar. Auf dem See schwammen zwei Schwäne, schauten hier und da zwischen der Kulisse der Märchenbühne auf, die schon lange nicht mehr bespielt wurde. Dahinter erhob sich der Steinbruch. Und manchmal tauchten oben an der Kante der hohen Steinwand die Indianer auf, während unten aus der Kulisse die Äpfel riefen, wir sind schon überreif. Meine Mutter auf der Bank war durch den Brunnen gefallen. Wie alle Mädchen früher oder später, wenn sie was erleben wollen. Der See war eine Pfütze. Die Vorhänge zerrissen. Ein paar Amseln nisteten im Dorngestrüpp, das ihn umgab. Schon schrie der Hahn. Frau Holle wusste Bescheid und schneite wie üblich darüber. Die Landschaft bekam ihr weißes Kleid. Und die Indianer saßen auf Pferden. Pferde gab es auch zu Hause. Der Hof meiner Großmutter war einmal eine weite Prärie. Meine Mutter ritt und ritt. Durch ihren Mädchenwinter. Es war einmal ein Mädchenwinter, singen die Amseln. Sie sind sich einig, das Leben ist schwer, das Fliegen nicht. Die Dornen neigen sich im Wind, der von der Steinbruchkante fällt. Und alles kommt und

kommt wieder. Eines Tages sage ich einem Freund im Traum meine Adresse: *Wind in the willows*, Nummer sieben.
Lieber Vati, schreibe ich von hinten in mein Poesiealbum, und um was Neues anzufangen: Ich weiß nicht. Auf Wunsch meiner Mutter klebt er die Scheiben unseres alten Wohnzimmerschranks mit holzgemusterter PVC-Folie zu. Hinter den Scheiben stehen die Marmeladengläser. Ich sage, Grüß Gott, wenn ich ins Zimmer komme.
Und laufe um einen kleinen Tisch herum. So schaue ich stets vorwärts, nicht hinter mich, wo *Dreh dich nicht um* mit dem Plumpsack droht, der ich nicht werden will. Kleines sagt keiner zu mir. Auch nicht Blume. Ich bin kein Berg. Natürlich bin ich ein Hügel. Verletzte Kniegegend, aus Fleisch und Blut, wo ein Kriegsbeil begraben liegt und Mädchenblüte. Das ist es eben.
Schon wird es Abend. Um Himmels willen, was ist Fleisch. Vor allem das an den Oberschenkeln, das am Bauch. Hab ich es in mir oder an mir. Jetzt fängt es an, sage ich mir. Es fängt an, hörst du. Und was geschieht, geschieht. So gehe ich weiter um den Tisch herum. Aber ich bin keine Prophetin, auch wenn ich's könnte. Geschweige denn bei Sinnen. Genau genommen weiß ich nichts. Im Tal das Tal, im Hügel Hügel. Über den Bergen: Ruh.
Hier im Zimmer schreit vieles um mich herum. Wo bin ich, fragt Bambi, das amerikanische Reh, das ich

durch den View-Master, eine Art handgetriebenem Privatfernseher für Einzelbilder, dreidimensional vor mir sehe. Marmelade schreit, Bäume schreien, Gold glänzt. Aus Kissen fällt Schnee. Gänse trippeln durchs frisch Geschneite. Hahnentritt ist ein Webmuster, während der Hahn im gleichen Tritt den Rücken der Henne mustert, und sie dann, weil er solche Freude an ihr gewonnen hat, murkst. Wo bleibe da ich als Mädchen, das Mädchen heißt. Ich nehme die Landschaft, die sich mir hier bietet und dehne sie. Hol uns raus, sagt die Marmelade. Meinem Vater ist zehn Jahre nach dem Krieg eine Kugel aus der Schulter herausgewachsen, mit einem Stück Uniform daran. Hat die Lust am Fleisch verloren, was normal ist für Kugeln. Wir können nicht wissen, was in uns steckt. Hockt drin im Fleisch als Fleisch und wartet auf den günstigen Augenblick. Ja, das wird mir jetzt klar. Am Fleisch geht kein Weg vorbei. Und hindurch?
Ich bleibe stehen, ich gehe nicht weiter um den Tisch. Ich hab ein verwundetes Knie in mir, an der Flußbiegung, die ganze Gegend verletzt und verbogen. Und so bin ich. Und fasse den Indianer an in mir, kurz überm Knie und bis zum Oberschenkel. Ist das der Unterschied zwischen Berg und Tal, zwischen Knie und Flussbiegung? Wer hat mir dieses Bein gemacht?
Schon schaut ein Hügel am Fenster rein. Das bin ich. Ich will ein Abendessen haben. Schon schaut Marmelade aus dem Schrank. Ums Haus drehen

Schwalben ihre Runden. Und wenn's keine Schwalben sind, können's nur Pferde sein. Dschingis Khans wilde herandonnernde Ponys. Oh guck mal, da schauen auch noch die Birnen zum Fenster rein, der Birnbaum hängt voll. Ich sage, ich bin ein Hügel, aber ein Hügel ist nicht ich. Fest ist ein Hügel nämlich nicht. Die Augen eines Hügels sehen ein und aus. Der Hügel bewegt sich. Überall. Ständig. Und ist doch keine Wolke. Oh, ein Hügel kann sich nicht fassen.

7. Schreck heißt unser Mathematiklehrer. Im Krieg war er Offizier. Und offizierisch bringt er uns die Mathematik bei. Er hat noch beide Arme. Verächtlich zieht er die Luft durch die Nase ein. Dünne Luft, sagt er, weil wir nichts im Kopf haben. Hoffentlich aber in den Beinen, schreit er. Wir antworten: Jawohl, Herr Schreck. Unsere Redeweise vom: Schreck lass nach, ist fromm und nutzlos. Wir haben einen Lehrkräftemangel und eine Lernschwäche gleichzeitig. Unser Gymnasium ist eine Höhere Schule für Frauenbildung. Französisch, Kochen, Fechten und Handarbeit sind wichtige Fächer und kaum zu unterscheiden. Ältere Damen sitzen am Pult und fuchteln mit ihren Armen im Takt, der die Fächer unterscheidet.
Im Fechtunterricht tragen wir Lederwesten, auf denen das Herz links angenäht ist und als Zielpunkt für die Florettspitze dient. Ich zum Beispiel muss jedesmal weinen, wenn ich treffe. Schon ruft die Lehrerin, seien Sie nicht so hysterisch. Und fällt gegen mich aus und sticht auf mein Stoffherz ein. Alle drei Wochen können wir eine Woche pausieren vom Sportunterricht. Sie kontrolliert die Daten in unseren kleinen Sportheftchen, die wir ihr hinhalten müs-

sen wie früher die Hände mit den schmutzigen Nägeln. Wir müssen die ganze Sportstunde auf einer der niedrigen Bänke sitzen und zugucken.
Was ist der Mann, fragen wir unsere jugoslawische Biologielehrerin. Und sie sagt, in ihrem gebrochenen Deutsch: Lass Finger weg von, und dass wir von Spucke Kinder kriegen. Unsere Hauswirtschaftslehrerin schäumt. So gut es geht, versucht sie den Schaum, der sich beim Sprechen bildet, wieder hinunterzuschlucken. Doch in den Mundwinkeln bleibt stets ein verdickter Rest zurück. Ich muss an Schaumkronen denken, an Wellen und kann mir nicht vorstellen, wo das Meer in ihr ist. Wenn sie von Weinschaumcreme, schwimmenden Inseln, Biskuitrollen und Kohlehydraten und nicht von Fisch redet.
Frauen können nicht denken, sagt Schreck. Und wirft wie jeden Tag die Türe hinter sich ins Schloss. Fehlte noch, dass an seinen Fersen federähnliche Funken aufblitzten. Nun ist ja schon ersichtlich genug, dass aus uns nichts wird. Höher gebildete Mädchen ist einfach zu hoch gegriffen. Die Sterne, die Sterne oben. Der Sterne Leid, Schreck, kesselerfahren, Offizier. Lernt Kartoffeln zählen und Pflaumen, sagt er. Ein schneidiger Mann ist er. Für uns Mädchen von der Höheren Schule für Mädchenbildung. Wir werden alle einen Platz an der Seite von etwas anderem finden. Nicht laut und sanft und ansehbar. Wir möchten gerne reich sein, Kinder haben und einen köstlichen Mann. Oh liebes Leben,

sagen wir uns in der Pause und als Entgegnung auf Schreck. Die Mathematik geht über Mädchen und zieht freundlich den Hut. Während wir uns den Kartoffeln zurechnen und ihren Augen. Wer sich in die Nesseln setzt, denkt sich: Von wegen Nesseln. Und denkt auch: Von wegen Nessuskleid. Und so sind wir sicher, dass unsere Lehrer keine wirklichen Menschen sind. Wirklich nicht.

Die meisten von uns kommen aus gutem Haus. Ihre Väter sind Zahnärzte, Hals-Nasen-Ohren-Ärzte, Architekten oder ganz einfach Ärzte-Ärzte. Nur Helga, Maritta und ich sind Ausnahmen. Marittas Vater ist Kohlenhändler und bei den Schützen. Helgas Vater arbeitet bei Bayer. Schon Heides Vater ist Vorarbeiter, und Elsemaries Vater ist nicht einfach ein Bauer, sondern ein reicher. Aus unseren Familien ist noch nie jemand auf eine höhere Schule gegangen. Nur wir. Und zu Hause sagen unsere Eltern: Wir sprechen nicht die Sprache, die ihr lernt. Aber lernt nur, Kinder. Meine Mutter sagt, ich hätte mich so gerne unterhalten, aber mit deinem Vater ist das eine Sache der Unmöglichkeit. Und zu der werde ich langsam auch. Auch mit dir kann ich mich nicht unterhalten, sagt meine Mutter. Was stimmt, denn sie meckert und sagt, du machst alles nur halb.

Was gehört sich für ein Mädchen, ist die Frage, die ihr und den Lehrern gehört.

Wir tun nicht viel in der Schule. Wir lernen fürs Leben. Ich schaue in Ulrike Peters verbrannte Knie-

kehlen, sie sitzt vor mir. Wir reden nicht mit ihr. Und sie redet mit den Lehrern nur, wenn diese sie auffordern. In ihren verbrannten Kniekehlen steht etwas zu lesen, das hinter die Ohren geschrieben gehört. Sie ist die Beste in der Klasse und weiß, wie ein Mädchen sich zu benehmen hat. Sag etwas, wenn du gefragt wirst. Gewöhne dich an Offiziere. Sie verstehen die Mathematik und kennen kein Erbarmen. Sie heißen Schreck und anders.
So eine Mädchenklasse, wenn sie älter wird, sieht hübsch aus. Blühblümchen. Und manchmal grelle Lippen, schwarze Striche um die Augen, Haare, die zu Berge gekämmt sind. Oh, ihr hübschen Mädchen, sagt kein Lehrer. Wir lesen die *Judenbuche*, nachts werde ich an die Judenbuche gehängt. Mit der Zeit wächst die Mädchenbuche. Hängt euer Leben nicht an einen Mann, sagt unsere jugoslawische Biologielehrerin. Aber wie benimmt sich ein junges Mädchen? Wir lachen sehr viel. Was nicht böse gemeint ist. Wir haben nur so ein Gefühl. Die Glieder sind so locker an uns dran. Und so auch die Gefühle. Wenn überhaupt. Wir wissen nicht, wo wir anfangen und ob wir enden. Sind wir? Das sind die Fragen, die uns sehr beschäftigen. Jeden Tag. Wir suchen uns. Wer hat uns vom Baum der Erkenntnis geschnitten? Träume ich? Ich sage nichts davon. Nur zu Elsemarie. Sie kennt den schwarzen Vogel, vor dem ich mich fürchte, seitdem sie ihn mir auf dem Klavier vorgespielt hat. Im Zimmer neben dem Gastwirtschaftsraum,

mit der Aufschrift: Privat. Sie spielte den Vogel auf dem Klavier, und er hat uns geholt, hat uns mit dem ganzen Zimmer aufgehoben und weggebracht aus dem Haus und der Küche, in der ihre Familie für die Gäste arbeitet, und weg von den Bierfässern im Keller und den Gästen, die aus den Bierfässern ihr Bier gezapft haben wollen. Weg auch von den Ställen, den Kühen, dem Campingparadies dahinter, mit sanft geschwungenen Wegen, die die Wohnwagen miteinander verbinden. Wie bei Mickymaus, wenn endlich alles wahr wird. Dann hört Elsemarie auf zu spielen, der Vogel lässt uns los. Oder ist es der Käfer? Sie sitzt wieder vor dem Klavier, ich sehe ihre breiten Schultern, die festen Oberarme, ihre weiße Haut. Sie wäre eine schöne Gefangene.

*8*. Im Klassenzimmer klopft mein Herz. Von vorne beherrscht der *Hund von Baskerville* den Vormittag. Ich werfe mich ihm vors Maul. Die Fenster gehen nach Süden, die Sonne bläst die Köpfe weg, Mann. Was habt ihr im Kopf, ist jeden Tag die Frage.
Wie habe ich mich so babyhaft benommen, als ich hier ankam. Und alle Schülerinnen im Treppenhaus standen und unter dem Adventskranz sangen. Ich weinte. Ich stand neben der Tür und weinte. Alle sahen so schön aus. Und sangen so schön, nur der Hausmeister trug seinen grauen Kittel und den Besen in der Hand. Wie schön das Leben war in schönen Kleidern und mit schönen Stimmen, dachte und weinte ich und empfand ohne mich. Ich fühlte mich als Ohrenkneifer, diese plötzlich aus Ecken hervortaumelnden Tiere, vor denen meine Cousine Angst hat und wegläuft. Immerhin sind die Ohren gleich am Kopf und aufgesperrt, doch hört man das Tier erst, wenn es auch schon zugebissen oder eben gekniffen hat. Ohrenkneifer haben einen Knick im Körper, etwa da, wo bei Menschen die Taille ist. Und dort war der Knick auch bei mir. Mein Kopf war die Zange. Mit der ich mir die Schule vornahm. Hat-

ten sie mich nicht etwa mit ähnlicher Zange in diese höhere Schule geholt. Oder war es ein Kniff? Ich sah gleich, aus mir würde keine Schöne.
Dann sollte ich durch das moderne, transparente Treppenhaus bis nach oben gehen, in den Zeichensaal. Überall waren in diesem Treppenhaus Löcher, die für mich gemacht waren, die für mich freigehalten worden waren, und durch die ich glaubte, mich hindurchzwängen zu müssen. So saß ich am ersten Tag in diesem Schulhaus nicht im Zeichensaal wie all die anderen aus meiner Klasse, sondern vier Stockwerke tiefer, auf der fünften Stufe von unten, und mir war schwindlig, und ich weinte wie schon vorher. Das war natürlich dumm. Förderte gewiss nicht das Lernen und auch sonst das alles nicht. Damit mir der Ohrenkneifer, der ich war, den Kopf nicht ganz abkniff, steckte ich ihn zwischen die Knie. Und wartete so, bis der Unterricht für diesen Tag zu Ende war. Zu Hause sagte ich, ja, ja, und nochmals ja. Und ging am nächsten Tag wieder hin, den Ohrenkneifer unterm Arm.
Ersten, zweiten, dritten, sogar vierten Advent besangen sie unterm Adventskranz in der Halle. Die schöne Stimmen haben, sind selig, dachte ich, weinte aber nicht mehr, denn ich ließ mir einen Panzer wachsen. Einen zweigeteilten, versteht sich. Den Kopf gebeugt, die Augen aufs Kneifen konzentriert, ging ich durch den Gang in ein Schulzimmer und konnte nicht aufhören.

Du könntest, sagten die Lehrer, wenn du nur wolltest. Ja, sagte ich, das steht in den Sternen. Ein Ausdruck, den ich von meiner Mutter hatte, den sie oft in der Küche gebrauchte, ohne aus dem Fenster zu schauen, und einfach so überm Kochtopf dahersagte.

Ich lerne überhaupt nicht. Ich bin dagegen. Oder besser, ich bin nicht dafür. Für nichts, und nicht dafür, da zu sein. Was das Schwierigste ist. Da sein. Wie? Und was soll dann da sein, wenn ich da bin. Mitsamt meinem Sein.

In der Stadt, in der ich lebe, ruft nie ein Wald, keine Landschaft, noch nicht einmal ein Grashalm. Es rufen das Bayerwerk, die Hühner meiner Großmutter und meine Mutter. Trotzdem gehe ich gerne auf Berge und schaue hinab ins Land, in dem der Rhein fließt, daneben steht der Kölner Dom, bei guter Sicht sehe ich das Siebengebirge, bei dem ich nicht sicher bin, ob es ein Märchen ist oder eine Landschaft. Und ist da ein Unterschied? Doch lernen kann ich nicht. In mir ist nichts dafür da. Und wo nichts ist, lerne ich nicht, bin aber da.

Im Deutschunterricht streite ich mich mit Frau Kettemer. Ihr sind meine Gedichtinterpretationen zu übertrieben. Sie sagt, es stimmt nicht, was du sagst. Ich sage: Doch, es stimmt, fragen Sie die anderen. Nein, das tue ich nicht, sagt sie. Dann glauben Sie mir, sage ich. Gedichtinterpretationen haben nichts mit Glauben zu tun, sagt sie, was meint

ihr dazu? Die anderen zucken die Schultern. Es sind viele Stimmen in so einem Gedicht, sage ich. Frau Kettemer ist wütend, und wenn du nicht still bist, gehst du vor die Tür, sagt sie. O.K., sage ich und gehe. Dabei habe ich unsere Deutschlehrerin sehr gern. Sie ist braungebrannt, dünn und sehr groß. Sie sieht vornehm aus und hat so eine Art, sich aufs Pult zu setzen, bei der ich an Tennisspielerinnen denken muss, die ich immer nur von weitem sehe, wenn sie in ihren erstaunlichen Röcken über den Tennisplatz laufen. Solch einen Rock wie Tennisspielerinnen tragen, hatte ich mir immer gewünscht. Ich war neidisch auf Frau Kettemer. Prinzessin hatte ich noch nie werden wollen. Ich hatte eine Kette aus durchsichtigen, eckigen Perlen, das reichte mir. Und dann sah ich eines Tages unsere Nachbarin, als wir noch in der Waldsiedlung wohnten, als Tennisspielerin aus der Haustür treten und zum Auto laufen. Sie trug den Tennisrock und dazu eine weiße Bluse, den Pullover über die Schulter geworfen. So, dachte ich, sieht eine gute Fee aus. Locker, elegant, und eben nicht so eine alberne Prinzessin, wie ich sie von Glanzbildern kannte, die ich in die Pralinenschachtel geworfen hatte.
Ich träume, auf einem Internat zu sein, und Frau Kettemer ist unsere Klassenlehrerin. Abends würde sie an unser Bett treten, uns ins Gewissen reden und gute Nacht sagen. Ich würde unter ihren Augen schlafen, träume ich. Wenn ich nur auf ein Internat könn-

te. Wenn ich nur weg könnte. Und Hanni oder Nanni hieße, Violetta oder noch besser, Tina. Eine in meiner Klasse, eine Reiterin mit mitreitender Mutter in Bluejeans, heißt Trixie. Trixie mögen alle. Sie ist blond und geht wie ein Pferd. Wenn ich Tina hieße, könnte ich auf ein Internat an der Küste gehen und abends aufs Meer schauen. Ich würde den Leuchtturm sehen und einschlafen. Ein Meer ist nicht zu vergleichen mit der Nordsee. Irgendwas würde vor mir liegen, auf dass ich mich freute, aufregte, irgendwas, das süße Träume heißt. Ich würde ausbrechen aus dem Internat. Dafür sind Internate da. Ich würde mich von da wegsehen, wo ich war. Daran würde ich immer denken. Tina ist hübsch. Sie kann sprechen, wenn sie will. Sie trägt Pullover mit V-Ausschnitt. Sie spricht auch fremde Sprachen. Alles kann sie, sogar Mathematik. Sie interessiert sich nicht dafür. Sie will mit Lehrern nicht reden. Sie ist feiner. Und nur das Meer, übers Meer sieht sie und ist da, wo sie nicht ist. Am Ende der Welt überm Meer kann man einen Punkt sehen, eine Insel, auf der geschieht, was in den Träumen ist. Und wo sich alles verwandelt. Da ist Tina ein Baum und streckt die Äste aus. Ihre Arme spiegeln sich im Meer, und sie schaukeln.

Tina ist eine blöde Kuh. Eine hohle Figur. Das eben ist es, was ich sein will, und außerhalb von mir.

Oh, ich fürchte die Ohrenkneifer. Vor allem im Kopf und in der Taille. Spinnen sind niedliche Tiere dagegen. Sie gleichen Babys. Und hadern mit den Richtungen. In meiner kleinen Gegend hier. Hügelchen, Wölkchen, sage ich, dann wach ich auf.

9. Kommt da ein Mädchen zum Vorschein? Und wenn es auftaucht? Das macht wie viel Arme, wie viel Beine und Augen? Aber was nützt es schon, ein junges Mädchen zu sein, wenn dann doch eine Frau draus werden soll. Und ist das der Anfang vom Lied oder bereits sein Ende, wenn nur noch ein Lied hilft? Das Haus meiner Eltern steht auf einem kleinen Berg, und vor dem Haus wächst ein Birnbaum gerade zum Himmel. Um mich herum geht die Landschaft rauf und runter in leichten Wellen. Schade, dass es in der Landschaft nicht Ebbe und Flut gibt; nur Tag und Nacht und Berg und Tal, und nichts wandert. Die Gegend hier ist pedantisch. Wären da nicht auch die Wiesen, die Bäume, alte, unbewohnte, baufällige Häuser. Die bewegen sich, biegen sich, rutschen. Und eines Nachts stürzt der Birnbaum um vor unserem Haus.

Ich bin dick und unansehnlich. Und in der Mitte von was. Ich sitze vor dem Fenster am Schreibtisch und schaue raus. Eine ununterscheidbare Unterschiedenheit. Da stand der Birnbaum. Na, und? Ihr kotzt mich alle an, sage ich ins Zimmer. Damit das mal klar ist, sage ich. Die Wände schauen abfällig.

Die Rosen auf meinem Bettbezug haben mich lieb. Oh liebe Rosen. Ihr wenigstens haltet zu mir. Ich mache hier oben im Zimmer nicht viele Worte. Stimmt's, schreie ich die Wände an. Was ist in dich gefahren, ruft meine Mutter von unten, und ich sage: eine blöde Kuh. Immerhin bin ich nicht mehr so blöd und glaube, dass ein Stock mit einer Schnur dran eine Angel ist. Wie die Kinder am Bach, als ich heute von der Schule kam. Die können lange warten. Doch so ein Stock mit einer Schnur dran ist eine Peitsche. Ich würde sie peitschen. Die seligen Kinder in ihrem Spiel. Geht spielen, haben ihnen ihre Eltern gesagt, und sie folgten aufs Wort, das nur so gesagt war und um sie los zu sein. Schon erheben sich die Erwachsenen und lachen über ihre Kinder, die Fischen spielen und Wörter angeln.
Die Kaulquappen, die wir früher mit unseren Sandeimern aus dem Teich geschöpft haben, hatten oft vorne schon kleine, lappige Beinchen hängen. Sie starben wenige Stunden später, nachdem wir sie mitsamt dem Teichwasser in eine Tabaksdose geschüttet hatten, die groß genug war zum Schwimmen. Wir gaben ihnen auch frisches Wasser, legten ein paar Grashalme dazu, Blüten. Trotzdem starben sie. Und sie konnten nicht reden, schwarze Zellklumpen, die sich immer weniger bewegten.
Ich hasse die Wände. Ich komme hier nie raus. Du hast dein Leben noch vor dir, sagen sie. Ich möchte wissen, wo. Mit was soll ich was anfangen. Höchs-

tens mit Jungennamen, die ich gegeneinander auszähle, und mit der Wut auf Elsemarie, und dass ich neue Stiefel haben will, aber keine kriege. Aber ist das ein Anfang? Ich muss hier raus und gehe schnell ums Haus herum, die Wiese hoch, zu dem Feld, das da flach und lang vor dem Horizont liegt. Ich nenne es das Namensfeld. Und wünsche mir, bei Namen liegen zu können. Beispielsweise den kurzen Rufnamen, die Weg und Ruf abkürzen zu den Einsilbern: Mann, Frau, Haus, Mond. Ich müsste nicht an Jungen denken. Was soll ich bei denen. Wer soll ich sein. Ich glaube, ich habe nichts im Leib. Und das ist kein Ruf und keine Abkürzung. Ich falle im Feld. Dann wächst mir ein Name, ein langer. Wie Judenbuche oder Espenlaub. Und ich höre das Lied wieder, das Elsemarie mir vorgespielt hat, an dem Abend, als wir uns noch nicht lange kannten. Als sie mir so fremd vorkam. Ich war mit ihr im Zimmer neben der Wirtschaft, der Qualm, die Männerstimmen, Bier, auch auf dem Boden, bis zu den Knöcheln, und wir in diesem ungastlichen Privatraum mit dem Klavier. Ich saß im Sessel, und sie spielte dieses Lied des Vogels, in dem die Nacht kam, dann der Vogel der Nacht und größer als diese, mit den Glühbirnen des Bayer-Kreuzes bekränzt, unter dem wir hier alle geboren worden sind. Allerdings glühten die Birnen nicht, sie starrten und waren nichts als Löcher. In denen war ich, spürte ich. Sie hatten mein Bild. Ich hatte einen passenden Namen gesucht, und nichts gefunden. Dann war ich gefallen. Und als der Vogel aufflog, wusste ich, das Unsichtbare war das Furchtbare, in dem ich schwamm und nicht Fisch war und nicht Vogel.

Ab und zu geschieht es mir und auch heute. Ich komme von der Schule, sitze im Bus, in dem es, je weiter wir aus der Stadt hinausfahren, leiser wird, schließlich bleiben noch Elsemarie und ich auf der letzten Bank zurück, vor uns der eine oder andere der Mecklin-Brüder, die zu fünft sind, und alle fünf sofort zum Schlagen bereit, schon der Kleinste. Sie haben düstere Gesichter, und wenn man sie anfasst, fiepen sie. Aber selbst sie werden am Ende der Fahrt ruhiger. Bis morgen, sagen wir beim Aussteigen. Ja, morgen auf der anderen Straßenseite, den gleichen Weg in umgekehrter Richtung. Ich gehe durch den Wald, der sich über mir wölbt, es riecht nach Pilzen, ich höre den Bach im Tal, über den die Straße führt und eine Biegung macht. Dort sehe ich die Kinder mit ihren Angeln stehen, die sie ins Wasser halten. Von der Straße aus schaue ich ihnen zu. Und als ich weitergehen will, die Straße macht nochmals eine Kurve, hinter der ich unser Haus sehen kann, habe ich das Gefühl, in einem blauen Bassin hochzusteigen, in dem Luft und Wasser gleich sind. Ich sehe das Bassin vor mir, wie ich es früher, im Zoo, bei den Eisbären, unter mir sah. Ich wollte da immer rein. Was mit dem Fliegen zu tun hat. Ich will flie-

gen, sobald ich blau sehe. Schon hob ich die Arme, schnappte nach Luft. Meine Mutter hielt mich zurück. Ich schrie und lief blau an. Unter mir die Eisbären im Nordlicht, in einem Stück Meer, das es sonst nirgendwo gab. Ein Gaststück.
Die Lunge meines Vaters ist blau wie das Eisbärbecken. Und die Tiere sind auf Erden unsere Gäste. Ich flog in meinem Vater. Ich sang ihm einen Fisch. Das ist, was vor mir liegt. Ich habe ein Gefühl für ein ganzes Leben. Das nicht wiegt und nicht leicht ist. Aber da. Innen und außen da. Und das mit der Sehnsucht nach den Eisbären, ihrem blauen Becken, dem nordischen Gehege im Kölner Zoo auftaucht. Als ich als Kind beinah ertrank, war innen und außen eins. Und wenn innen und außen eins sind, weiß ich, was ist: ich. Ohne es zu sehen. Ich sehe nicht wirklich, nur durch. Wie das Bild von mir in Elsemaries Lied von der Nacht, die kleiner ist als der Vogel, der aus Löchern starrt.
Durch mich hindurch sehen, nicht absehen. Das wollte ich, als ich beinah ertrank: durch Luft und Wasser sehen. Und seitdem will ich's immer wieder.

*10.* Da kommt er wieder angeschwommen. Der Fisch im Nähkorb. Mein Geschenk an meine Mutter, als ich ein Kind war. Der Fisch, der mein Vorbild war, der vorher ich war, als ich vor mir im Bauch schwamm, nicht ich oder du, nur schwamm und Fisch war. Wie die Kleider im Sportsack, aus dessen Stoffrest ich den Fisch gebastelt habe. Rotes Hemd, blaue Trainingshose.

Ich hasse das Laufen, die Aschenbahn, und warum Asche. Im Kreis laufen, die Zeit ablaufen, die anderen ausstechen. Oder wegen Langsamkeit ausscheiden. Ich will nicht laufen. Wenn ich schon diesen drahtigen Körper unserer Sportlehrerin sehe, die spricht, als wäre sie eine Stoppuhr, und nirgendwo ein Härchen. Alles so kurz, mit kleinster Entfernung gemessen. Die Stoppuhr rennt, zählt und stoppt alles gleich. Vögel, Mädchen, Asche. Red nicht, renn, sagt der Körper auf Draht. Mir wird schlecht, wenn ich die Aschenbahn sehe, die Mädchen, die sich auf's Laufen freuen, die sich über diese oder eine noch bessere Stoppzeit freuen, ja jubeln, aufspringen. Trixie mit den blonden Zöpfen und der Mutter, die so alt ist wie sie. Meine Mutter ist meine beste Freundin, sagt sie, und darum mögen sie die anderen noch mehr. Ihr Pferd heißt Susie, das ihrer Mutter Sunny. Gleich kommt sie mich abholen, sagt Trixie. Oder nein, sie steht an der Aschenbahn, jünger als ihre Tochter und jubelt ihr zu. Meine Mutter und ich laufen seit jeher den Bussen hinterher, aber jubeln, meine Mutter über mich? Nur weil ich über diese elende Bahn am Weltsporttag laufe, den ich mit dem Weltspartag, den die Sparkasse der Stadt jedes Jahr feiert, so lange verwechsle, bis auch ich an der Reihe bin, und als letzte ankomme, und es sinnlos geworden ist, die Zeit zu stoppen. Was heißt das für meine Ersparnisse? Ich komme als letzte an, ich bin die Letzte. Als ob wir nichts besseres zu tun hätten, würde meine Mutter sagen, wenn sie zugeschaut hätte. Unsere Sportlehrerin, die Drahtige, ist auf Sylt gewesen, wo Nackte baden. Hat ihnen mal gezeigt, was nackt auf Händen stehen heißt. So hat sie am Strand von Sylt, am Rand der Nordsee, den Kopf nach unten, mit gegrätschten Beinen gestanden. Die Grätsche, groß geschrieben in ihrem Unterricht und das, in das wir kommen sollten oder übergehen im Sprung vom Barren. Aber auch dahin wollte ich nicht kommen, die Grätsche ist nicht mein Ziel. Aus sportlichen Gründen hat sie noch andere Übungen da oben am Strand von Sylt gemacht, wir konnten ihre Muskelpakete an Armen, Beinen, im Rücken und über der Brust in der Zeitung sehen. Sie war sehr stolz auf sich in der Zeitung, und in der Schule redeten sie unter der Hand über sie, und machten dann ein Auge zu, so dass sie uns als jüngste Sportlehrerin erhalten blieb. Die anderen waren ja schon älter und machten uns auch nichts mehr vor, damit wir nicht so jung waren.

*11*. In mein altes Poesiealbum schreibe ich von hinten auf dem Kopf weiter. Ich fange an, schreibe ich, in dieses Buch zu schreiben, weil ich merke, dass meine Mutter und mein Vater meine Probleme nicht mehr teilen. Unsere Meinungen gehen ständig auseinander und laufen dann in die Kreuz und in die Quer in der Küche herum. Was auch das Essen verdirbt. Ich muss nun lernen, selber über alles hinwegzukommen. Nur, wer aber bin ich? Ich habe Eigenschaften. Auch die von typischen Einzelkindern. Oh ja, ich bin da ganz gewöhnlich. Egoistisch zum Beispiel, und ich will immer beachtet werden. Und so weiter und so weiter. Ich finde das sehr langweilig. Auch die vielen Meinungen, die zwischen mir und meinen Eltern sind. Wie schon erwähnt, die Küche ist eine Schreianstalt. Meine Mutter gerät aber auch so schnell außer sich. Ich halte mir dann die Ohren zu, was nicht hilft. Und gehe in mein Zimmer und schreibe unter Donnerstag, vierzehnter Juli: Am Ende der Welt haue ich mir die Ohren ab, werfe sie über den Zaun, der am Ende der Welt auf mich wartet, gehe zurück und fange noch mal von vorne an. Ich glaube, ich beherberge nichts. Jedenfalls nichts in Worten. Vielleicht habe ich ein Stück Wüste in mir. Kamele sind die Widergänger von Meer und Wüste. Mein Vater wird davongehen. Er wird mich zurücklassen. Das wissen Mädchen. Sie stehen in der Wüste. Mein Vater hat mir immerhin seine kranke Lunge gelassen. Blau wie das Eisbärbecken im Zoo. Dann Nachtschweiß. Und ich, der Fisch meiner Mutter. In ihr bin ich bis hierher geschwommen. Wenige Tage nach meiner Geburt ist mein Vater mit seiner Freundin nach Marbella gefahren, wo auch Zitronen blühen. Sofort wurde ich krank, ich starb fast, bis der Arzt einsprang und meine Mutter beruhigte. Die wird schon wieder trinken. Legen Sie ihr alles hin, Flasche, Schnuller, das gewohnte Tuch, und dann, irgendwann, im Schlaf, und ohne zu träumen, fing ich an. Ich trank. Ich trank Wasser, nicht Milch. Das Wasser war blau, ich trank die Lunge meines Vaters. Und vor kurzem – mein Vater ist wieder lungenkrank, was ihn immer verwandelt – als der Hund der Nachbarn operiert wurde und halb betäubt in einem Korb lag, überlegte er, ob man dem Tier in der Nacht nicht eine Lampe aufstellen sollte, damit es wisse, wo es ist und nicht etwa tot.

Aber wer in der Schule hätte das wissen wollen von mir. Wo es doch in allem um Formen und ihre Reihenfolge geht. Was soll schon die Folge einer Wüste sein? Mehr Wüste natürlich. Rundum der Himmel, und in der Nacht die Drehscheibe der Sterne. Ich kann nichts in der Schule, noch nicht einmal lernen. Geschweige denn durch das moderne Treppenhaus den Zeichensaal im fünften Stock erreichen. Das mit dem Lernen lerne ich zu überspielen. Ich gebe mich unverfroren und rede einfach weiter. Und ich habe Ideen. Sogar in Mathematik und Chemie. Und so wissen die Lehrer nicht mehr, was sie von mir halten sollen. Sie fürchten sich ein bisschen. Obwohl ich mich für sie und was sie erzählen interessiere. Meine Kordhosen sind sehr eng, ständig reißen sie, und ich flicke daran herum. Auch im Unterricht, ich nähe sie überm Knie zusammen oder die Reißverschlussnaht, die aber gleich wieder aufplatzt. Während ich mit Geographie- und Sozialwissenschaften-Krämer über den Sinn der Geographie streite, wo wir doch hier in Leverkusen festsitzen. Ich habe die Wüste in mir, durch die ab und zu ein Schiff gezogen wird – so ein Rheinkahn, wie ihn meine Urahnen, bevor sie Weinbauern wurden, den Rhein zwischen Remagen und Bonn hochgezogen haben. Stellen Sie sich das mal vor, Krämer. Ach, hau weg die Alten. Doch ich will auch von irgendwas beherbergt sein. Nicht nur von auf der Straße aufgelesenen, angefahrenen Kaninchen und staubigen Hühnern, denen meine Tante mit einem zackigen Beilhieb den Garaus macht. Und wie diese Tante, die nur einmal hackt und ansonsten Gottes Braut ist, wie es sich für Katharina gehört, sind alle meine dreizehn Feen, die ich jeden Abend vor mir aufziehen lasse. Im übrigen nicht weit entfernt

von dem Spiegel, an dem Schneewittchens Mutter lehnt und fragt und fragt, und auch nicht weiterkommt. Und ich, ich frage die Feen nicht. Ich will sie nur sehen, durchsichtig wie sie sind und mit ihrem Sinn für das, was nicht da ist. Wo bist du, sagt wieder die eine, und ich sage nichts, und dann spüre ich, sie sind nicht nur durchsichtig, sie sind auch blind. Was uns ähnlich sieht. Wie meine Mutter sagt, deren Kettenhund ich bin. Die Feen rasseln mit Ketten. Davon schlafe ich ein, und zwar voller Wut.
Ich lasse mich von allem treffen, stets in der Hoffnung, es könnte das Richtige sein. Aber was ist das Richtige? Nun ja, hoffe ich, es wird mich ansprechen. Daran werde ich es erkennen. Immerhin habe ich Elsemarie. Aus dem Stamm der Bauern. Sie fragt mich nie, und wenn ich sie frage, lacht sie. Ihre Mutter war Lehrerin, jetzt arbeitet auch sie in der Gastwirtschaft. Elsemarie auch. Wir gehen oft Arm in Arm am Abend durch die umliegenden Dörfer, die Anhöhen hinauf und herab. Dann muss sie wieder arbeiten. Zusammen sind wir stolz auf uns. Und küssen uns beim Abschied, wenn auch schnell, auf den Mund. Am Morgen sehen wir uns um sieben an der Bushaltestelle wieder. Ich kann schon von weitem ihr hellblondes Haar sehen.
Was ich fühle, ist ein einziger Aufruhr, den ich von einer Seite auf die andere treibe. Hier werfe ich Steine, dort lasse ich sie mir auf den Kopf fallen.
Jahrelang gehe ich in die Schule, in der es um etwas,

vielleicht auch um einiges geht, von dem ich nie was gehört habe. Auch nie etwas gesehen. Dass man beispielsweise die Tochter eines Zahnarztes sein kann. Sie hat lange Locken, sanfte Augen und einen großen Busen. Oder dass es ein Bedürfnis ist, auf einem Pferd zu reiten. Oder einen Freund zu haben, sich küssen zu lassen, sich zu vergessen und aufzuhören zu denken.

In der Schule sehe ich mich Berge rauf und runter laufen, ich fresse Bleistifte an. Ich drehe Zigaretten und lege sie eine neben die andere vor mir auf mein Pult. Das ist mein Munitionsgürtel, den ich mir anlege, wenn ich zum *Shoot out* gehe, mittags um halb zwölf in die große Pause. Und mir schwöre, dass aus mir nichts wird. So dass der Rest nur noch so durch mich durchsickert. Ich merke nichts. Ich halte nichts. Ich bin schwach. Aber unbeirrbar.

Elke nimmt meine Hände, es ist im Zeichensaal, in den ich es mit den Jahren, wenn auch immer noch verspätet, zitternd und sehr weiß geworden, schaffe. Sie nimmt sie in ihre Hände, betrachtet sie, und schon schreit sie. Schaut euch das mal an, das sind die Hände einer alten Frau. So was habe ich ja noch nie gesehen, so viele Falten. Deine Hände sind ja nichts als Knochen und Falten.

Margot heißt eine kleine, dünne Person in unserer Klasse, die neu dazugekommen ist. Sie hat keine Freundin, und ihr Gesicht ist grau. Ihre Haare sind borstig. Sie spricht unverständlich leise, und ich habe Lust, sie zu schlagen. Sie unterwirft sich, sobald sie kann. Aber da wir selber schon so flach auf dem Boden liegen, ist es schwer, da noch drunter zu kommen. Sie will immer das Fenster auf haben, sie erstickt, sagt sie. Ich will keine Luft. Ich will Ruhe und einen abgeschlossenen Raum, wenn hier schon kein Herauskommen möglich ist. Wir sind ganz einfach Gefangene. Und eines Tages, nachdem sie wieder das Fenster aufgerissen hat, schlage ich zu.

Leverkusen liegt vor dem Fenster, der Stadtpark, dahinter die Sportanlagen für den Weltsporttag und die Werksangehörigen. Alle im gleichen Zustand, sie zählen von eins bis fünf, dann muss die Runde gelaufen sein, und die Schicht ist zu Ende. Ich bin in diese Stadt hineingeboren worden. Und kenne folglich dieses Rundendrehen von eins bis fünf. Bis abends spät noch Sport gemacht – und dann schlafen, was alles zurechtflickt. Diese Flicknächte, in denen ich von Jungen träume. Ich will ein Recht zu leben haben. Das erregt mich. Ich reite auf Jungen für Freiheit. Ich reite auf allem, was nicht wahr war. Pferde hingegen finde ich albern. Auf Schultaschen, Hefte, Bücher, und zwischen die Seiten kleben die Mädchen, die reiten, Pferde. Die Pferde heißen Susi, Peter, Timm. Ich muss Tom striegeln. Mit Peter gehe ich an ein Turnier. Gestern habe ich ihm rote Schleifen in die Mähne geflochten. Und schon reiten sie davon, Trixie, Susanne, Ramona.

Womit nichts gesagt ist. Aber sie sind da. Mit ihren

Namen, ihren Zahnarztvätern, den Müttern in Sportwagen, in Bluejeans, auf dem Rücken ihrer Pferde, im Stadtpark, in dem sich auf den werkseigenen Sportanlagen die Werktätigen sportlich betätigen und von eins bis fünf zählen.
Am Abend, bevor ich in meinen Zurechtflickschlaf sinke, der nach fünf kommt, schreibe ich die englische Hitparade aus dem Radio auf und lerne sie auswendig zum Austauschen am nächsten Morgen. Und auf Englisch komme ich von eins bis zehn. Dann versinke ich und träume von einer fremden Welt, und in der sind die Mädchen aus meiner Klasse, ihre Namen sind Kleider. Sie haben ein Aussehen. Einige haben sich mit abgerissenen Tapeten bekleidet. Ich möchte auch so ein Kleid haben. Ich will keine frische Luft haben. Ich will schwer atmen. Ich will Schwereres atmen. Um aufzutauchen. Ich träume in der Nacht, dass es geschieht. Alle warten. Wir sitzen an unseren Tischen in der Schule, jede hat ihren Kopf darauf gelegt. Wir schlafen, wir sind erstarrt, niemand sucht uns. Aber es wird sich schon einer finden. Dann beginnt der Unterricht: Meine Damen, bitte. Sie sagen uns so oft, macht keine Geschichten, dass wir selbst im Traum keine machen. Wir wüssten nicht wie.
Nein, wirklich nicht, ich habe keine Wörter, an die ich mich halten könnte. Ich kann nicht sagen, was ist. Auch nicht, was sein soll. Da ist nur ein Gefühl. Eine Bewegung. Tag für Tag eine Ausdehnung, die

durch Wörter, Tage und Räume geht. Was diese Ausdehnung angeht, so könnte ich sagen, sie geht mit mir. Oder ich mit ihr. Wir wohnen nicht, wir kommen nicht an. Wir sind eine Körperbewegung und noch eine und noch eine. So sprechen wir auch und haben Satz für Satz von den Gesten abgekupfert. Ein Abdruck.
Meine Mutter schimpft mit mir. Mein Vater nimmt mich im Auto mit. Ich schreibe schlechte Noten. Und doch soll das das sein, das mir sagt, dass ich bin. Ich lache. Ich bin nicht. Das fällt auf euch zurück, sagen die Lehrer in der Schule.

*12*. Elsemarie hat mir ein Lied gespielt. Den Nachtvogel. Mach dich gefasst. Sie ist stärker als ich. Ihre fleischigen Arme, ihr großes Gesicht, die hellblauen Augen. Im Schulbus gehören wir nicht mehr zu denen, die sitzen. Wir stehen, wir sind die Älteren. Und kichern. Kichern mit vierzehn macht durchsichtig. Als ob nicht zur Sicht kommt, was da ist, was da kichert. Dazwischen kichern wir. Kichern ist uneinsichtig. Kichern ist Hautatmung. Über Stock und Stein. Und fallen wir, kichern wir noch lauter. Es gibt Tage, an denen wir alles komisch finden. Ja. Ein komisches Leben. Die Bäume sind komisch, die Schule, der Stadtpark. Wir müssen über alles lachen. Und der Bus fährt, die Stadt liegt, und selbst die Schule geht rum. Auch kein Bein gehört zu uns und kein Arm, auch kein Fuß und der Kopf auch nicht. Was komisch ist, an den Tagen, an denen wir alles komisch finden. Und schon einmal im Leben, so mit fünf oder sechs und nicht wirklich einschneidend, kein Blut ist geflossen, und nur die Milchzähne fielen aus, fühlten wir uns so lachhaft groß. Größer als alles bisher, und das brachte uns zum Lachen. Wir lachten nur noch. Häuser, Bäume, Sterne, dass wir nicht lachten. Wir konnten nicht aufhören. Sie schickten uns vom Tisch weg. Wir sind größer als ihr alle zusammen, sagten wir und gingen. Und lachten im Flur oder draußen vor dem Küchenfenster weiter. Wir wussten einfach nicht, wohin mit unserer Größe. Und wir waren wirklich so groß. Und versammelten uns abends wieder an eben diesem Küchentisch, unter der Glühbirne und dem Fliegenstreifen daneben, und allein das reichte, dass wir wieder lachen mussten und wuchsen, und dann wurden wir geweckt. Könnt ihr noch nicht einmal im Schlaf still sein? Aber wenn sie nichts sagten, wenn sie uns nicht aufweckten, uns einfach weiterlachen ließen, war schnell das Elend da. Das Elend des Küchentischs, der Glühbirne, der toten Fliegen und nichts, was wie wir war. Da waren wir verloren. Wir waren ein Nichts, und alles um uns herum war ein Etwas. Lachte aber nicht, und wenn sonst keiner lachte, dann wenigstens wir, wenn nur etwas da war. Lieber Küchentisch, sag ja, sonst sind wir nicht da. Was nicht komisch ist. Aber mit fünf oder sechs nicht wirklich einschneidend. Mit vierzehn aber schneidet es. Schneidet uns entzwei. Wir sind dann doppelt. Elsemarie und ich, und ich und Elsemarie. Und einmal sind wir groß und lachen, und andererseits gibt es uns nicht, und keiner lacht.

Die Lehrer sagen: Lernt. Die jungen Lehrer sagen: Seid jung und lernt. Ist euch das Lachen vergangen, sagt Frau Wunsch. Nein, sagt unsere Deutschlehrerin, das gibt keine Geschichte. Aber wir wollen uns nicht sagen lassen, was ist. Und fragen: Heißt alles wissen, alles spüren? Wir wollen nichts, was gewusst wird, wissen.

Noch bis vor kurzem hatte meine Großmutter ein Haus voller Schlafmänner. Schon in der Wiege legten sie dieses Wort neben mich. Wir hatten viele. In jedem Zimmer mindestens zwei. Ihr Schlaf umgab uns. Und war unsere Sorge. Tagsüber waren sie nicht da. Wir bewegten uns alle um sie herum. Sie lagen nicht in Glassärgen. Aber in den Betten, die meine Mutter mit weißer Wäsche überzog und jeden Tag neu machte. Während die fremdländischen Zwerge im Bayer-Werk arbeiteten und bis zu den Knien in Formaldehyd standen, und schippten und schippten. Das konnten wir riechen. Aber dann, wenn sie kamen und in ihren Betten lagen, waren sie unsere Schlafmänner, die für uns schliefen, damit wir morgen wieder ihre Betten machen konnten. Sie waren auch unsere Särge. Natürlich im Schlaf, denn der hat Wände aus Glas und Ohren aus Blättern. Ich hörte sie Spanisch, Italienisch, Hünsrücker Dialekt sprechen. Sah den gelben Reis in ihren flachen Pfannen, aufzuwärmende Spaghetti in den Töpfen. Schon beim Kochen schliefen sie, auch wenn sie die Straße vom Werk nach Hause gingen, wo ihr Bett stand. Nach dem Essen saßen sie im Sommer auf dem Hof, im Himmel Kamine, die Hühner waren schon im

Stall. Irgendwer hatte den Dornröschenschlaf angestellt. Um unsere Stadt wuchsen Dornenhecken, uns waren die Köpfe auf die Schultern gesunken. Aus dieser Gegend muss ich weg, ich muss den Mund aufmachen. Wo kein Mucks war vorher. Nur diese Schneewittchenkehlen, in denen halbe Äpfel, gar Kämme stecken. Wie, hat die einen Kropf? Schilddrüse kaputt? Überfunktion? Nein, die kichert nur.

13. *Ein Schiff wird kommen*, singt Vicki, die Griechin. Und während ich im Zimmer stehe und denke, was kein Denken ist, singe ich dieses Lied in mir ganz leise. Das sich von allein singt. Denn vor dem Schiff ist das Lied da. Und kommt vom Denken. Ein Lied ist ein Schiff und schon gekommen. So denke ich. Was soll da ein Schiff. Wäre nur lästig. Warum soll ein Schiff kommen, wenn das Lied schon da ist, das ein Schiff ist und Platz spart fürs Denken. Und das ist das berühmte Ende vom Lied, dass wir kein Schiff mehr haben wollen, dass es bleiben soll, wo es ist, und lieber denken wir uns eins, und dann ist das Lied zu Ende. Oh Sehnsucht.

Manchmal stehe ich so in meinem Zimmer und übe, den Atem anzuhalten. Ich will mich wappnen. Als Schiff tarnen, das ums Haus herumtuckert und weiter durch die Wiese den Berg hoch, wo es anlegt, die alte Denkbarke. Und hör auf zu singen, sage ich dem Kahn. Da oben gehört Heinbachs ein Grundstück. Vera hat die Handelsschule abgeschlossen und macht im Freien ein Fest. Das Feuer brennt schon, es gibt Kartoffelsalat und Martini. Wir sitzen im Gras, und ich rauche eine Zigarre von Veras Opa. Der ist vor kurzem gestorben, und jetzt haben sie diese Zigarren zu Hause rumstehen. Selbst in der freien Natur höre ich mich überall gegen was stoßen. Von Navigation keine Rede, das können vielleicht nur Griechinnen. Oder Vera. Sie ist hauchzart. Sie kann sich neben einen Grashalm setzen, und keiner merkt den Unterschied. Sie traut sich nicht. Nur manchmal weint sie ein bisschen. Was soll nur aus mir werden, fragt sie mit Katzenzungen. Braucht ein Rechtsanwalt eine Blume? Oder ein Arzt eine für seine hell gestrichene Praxis? Wovor hast du denn Angst, sag ich. Sie zieht leise die Schultern hoch.

Ihr Bruder geht auf eine Sonderschule. Ihr Vater ist verrückt gewesen, er schielte sehr schlimm. Eines Tages ist er die Treppe runtergekommen und aus dem Haus gegangen, mit nichts als dem Korsett seiner Frau an. Aber Papa, sagte da Vera. Ach so, hat er gesagt, ich habe ganz vergessen, die Strümpfe anzuziehen. Und drehte sich auf dem Absatz – die Schuhe seiner Frau waren ihm zu klein, so hat er eben seine angezogen – und ging zurück ins Haus, die Treppe rauf, von wo er aber gleich wieder runterkam. Diesmal hatte er auch die Nylons an. Gerda, Veras ältere Schwester, war mit Sigi verheiratet, einem Österreicher, der dann nach Amerika versetzt wurde, und Gerda ging mit. Sie aßen in Amerika nur Marmelade und Erdnussbutter, wovon sie das doppelte von sich wurden, und als sie zurückkamen, hatten sie drei Kinder. Vera aber wird immer schmaler. Und wer

schon keine Blume in seiner Kanzlei gebrauchen kann, der kann erst recht nichts mit einem Grashalm anfangen. Eines Tages war ihr Vater in die Stadt gefahren, hatte sich mitten auf eine Straßenkreuzung gestellt und den Verkehr geregelt. Was bestens funktionierte. Leider musste er damit wieder aufhören, obwohl er noch an kein Ende gekommen war. Das machte ihn wirklich böse. So dass sein Vater und Veras Opa am Abend ein Machtwort mit ihm sprechen musste. Werde endlich erwachsen, sagte er ihm. Und was man so sagt als Vater von Veras Vater zum Sohn. Der aber hörte nicht zu. Zur Strafe trat sein Vater die Schranktür ein, und das Loch, das seitdem darin war, durfte nicht geflickt werden. Zur Erinnerung an meinen Sohn, sagte sein Vater, bevor der sich ins Bett legte, und war am Morgen tot. Sein Vater auch bald. Und ich rauche eine seiner Zigarren, ich glaube, sie kommt aus Kuba, bis sich der Himmel dreht. Auch die Wiese, das Feuer, ich schmecke nichts mehr und denke, ich bin ein Schlot.
Und durch mich dampft die Erde, die sich bekanntlich ja dreht. Mitsamt der Gegend um mich herum, in der ich seit ein paar Jahren wohne, am Rand der Stadt, wo es leerer ist. Ab und zu tauchen Häuser, Dörfer, kleine Fabriken auf. Den wenigen Bauern, die noch ein paar Kühe im Stall haben, bringe ich weit über meinen Glauben hinaus die Kirchenzeitung ins Haus, und sie fragen mich, wo ich denn am Sonntag in der Kirche war, in der ich nicht war.

Früher schickten die Pfarreien der Stadt jeden Sommer schwer erziehbare und ihre Mütter überlastende Kinder in diese Gegend. Was was anderes war als das Müttergenesungswerk, für das Stoffrosen verkauft wurden, mit zarten Blättern. Denn unseren Müttern ging es in dieser Zeit nicht gut, sie hatten empfindliche Nerven, und dann geschah es, dass sie sie verloren. Sie schrien: Meine Nerven. Wir sollten ihnen da nicht drauf gehen. Oder sie sprachen von ihrem Nervenkostüm, und das bekam manchmal einen Riss. Was den Kostümen aus Stoff auch geschah. Und ich stellte mir meine Mutter unter der Haut in ein Nervenkostüm mit Rosenmuster gekleidet vor. Und unsere Kinderseele war vielleicht auch so, nur anstelle der Rosen ein Muster aus Gänseblümchen oder von denen aus Leber. Denn wegen der Nerven unserer Mütter hatte Gott einen Sinn für unsere Seelen. Gott selber wollte ja kein schlechter Vater sein. Und so fuhren seine Pastoren mit ihren Helferinnen, die andere Nerven hatten als Mütter, weil sie Jesus im Herzen trugen und nicht darunter, im Sommer, einen Tag in der Woche, ins Grüne, wo die Sonne schien.
Zusammen mit meinen Cousinen fuhr ich jeden Donnerstag früh am Morgen von der Kirche ab. Wir saßen noch nicht im Bus, schon war alles voll Gerede. Überall an uns sprach was. Wir hingen an den Nervenfäden unserer viel zu gereizten Mütter und zappelten. Unsere nervösen Kinderglieder. Wir fuhren

nicht weit, schon wurden wir auf dem Hof eines Landschulheims wieder ausgeladen. Sofort fingen die Gräser an zu reden, auch die Blätter, das Gebüsch fand kein Ende. Und so waren wir da draußen, am Rand der Stadt, schon wieder Teil eines noch ungeheureren Nervenbündels. Zwischendurch wurde das Bündel – da Zucker als Nahrung für die Nerven galt – mit übersüßtem Pfefferminztee und ebenso süßen Stückchen genährt. Die wir uns mit den Wespen teilten und mit der Todesangst, die Wespe würde uns in den Hals stechen, wir würden sie verschlucken, sie würde uns in Zunge, Rachen, Lunge stechen im süßen Brei. Die Angst war schlimmer als die Helferinnen des Pastors, die den Ablauf des Tages regelten und das Runterschlucken des süßen Breis.

An langen Tischen summten wir als Kinder, spien die Wespen aus und machten die Augen leer wegen der Angst, die die Wespen nicht sehen sollten. Wir sangen sogar, wir haben Hunger, Hunger, Hunger, als wir schon längst keinen mehr hatten, als es uns würgte. Aber die Fräulein wollten es so.

Wir lernten lauter Ordnung, keiner sagte, warum. Dafür waren wir im Freien und unsere Nerven wie losgelassen. Die frische Luft hat einen weiten Busen, sagten die Fräulein, und daran lagen wir nach dem Essen in Baracken, an den Kleidern Lehm vom Bach, an dem die Menschenfresser lebten. Und gegen Abend hatten wir die Gegend so unter Strom gestellt – wir lachten unser Zuckerlachen, sangen –, da kamen sie

auch schon, die Menschenfresser, von denen unser Lied gehandelt hatte. In diesem Wald, in den wir erst am Abend, kurz vor der Abfahrt liefen, weil wir sie dort finden würden, und da waren sie nun. Oh, unsere Nerven. Die Menschenfresser standen mit ihren langen Messern im Wald, und wir konnten überall die Leichen sehen, die nach unseren Müttern und Vätern rochen. In letzter Minute, bevor sie uns erwischen konnten, rannten wir zum Bus. Ich wusste es doch, sei kein Kind, wenn deine Eltern keine Nerven haben. Und wie lange, fragten wir uns, sollten wir noch vor Madagaskar liegen.
Zu Hause sagten sie, was habt ihr für eine schöne Farbe bekommen.

14. Was fehlt dir? Sprichst du nicht mehr mit mir? Bist du kein Kind mehr, Kind? Denk an deine Tante, sagt meine Mutter, nachdem sie mir Löcher in den Bauch gefragt hat. Deine Tante hat ihren Verlobungsring in den Herd geworfen. Kam in die Küche, nahm den Wassertopf von der Kochstelle, zog den Ring ab und warf ihn in die Glut. Ohne ein Wort zu sagen. Wir auch nicht, und saßen doch alle da, ihre Schwestern, Mutter und Vater. Es war ein einfacher Ring, ohne Stein. Aus eingeschmolzenem Zahngold. Und er ist nie mehr gekommen. Die Leute haben so viel geredet. Wegen der Schlafmänner, die ja schon vor dem Krieg da waren. So viele Männer im Haus, und dann die vier Mädchen.
Dir fehlt doch was, Kind. Meine Mutter will mir den Apfel in die Kehle drücken, den Kamm ins Haar. Und jedesmal erzählt sie mir die Geschichte meiner Tante. Warum nur bin ich kein Baum. Aber auch dann würde sie mich früher oder später zerhacken, und ab ins Feuer. Denk an deine Tante, würde sie sagen.
Überall im Haus hängen Leinensäckchen, in denen die tagelang auf dem Ofenrost getrockneten Birnen-

schnitze des Birnbaums vor unserer Tür aufbewahrt werden. Wer soll die bloß essen. Ich nicht, mein Vater auch nicht, und für die Mäuse hängen sie zu hoch. Bleibt nur zu hoffen, dass jemand im Himmel diese braunen, verschrumpelten, viel zu süßen Früchte mag. Mit der Zeit haben sich die weißen Leinensäcke in allen Brauntönen verfärbt. Im Herbst kommen die schillernden, dicken Fliegen, die nicht mehr lange leben und laut brummen. Solange sie noch können, nuckeln sie die braunen Flecken aus. Meine Mutter konnte nicht genug bekommen von den Säckchen. Sie will ein Haus voll Essen.
Du bist kein Baum, sagt sie, du musst was essen. Ich will aber nicht und schneide ein Viereck ins Brot, halte es mir vors Auge und schaue durchs Brot über den Tisch, die Stühle, zum Fenster raus. Die Birnen sind mein Vorbild. Sie wuchsen am Baum, und kurz bevor der eines Nachts ins Tal stürzte, fielen sie ins Gras.
Du musst wissen, was du tust, sagt meine Mutter. Ich kann es aber nicht. Und kann auch nicht über Brücken gehen. Auf denen es keinen Unterschied gibt zwischen Berg und Tal, ich könnte sofort losfliegen. Davor fürchte ich mich. Und genauso fürchte ich, dass ein Flugzeug auf mich fallen könnte. Sobald ich auch nur von weitem eins höre, halte ich mir Ohren und Augen zu, und die Arme schützend über den Kopf. Oder ich verstecke mich in einem Hausflur. Denn im Haus ist immer ein anderswo.

Ich weiß nicht, wie ich mich finden soll. Am Morgen gehe ich durch das feuchte Gras, barfuß, noch im Nachthemd, das soll gut tun. Dann verschwinde ich in der Schule. Wo nichts eine Hand oder einen Fuß abzugeben hätte. In der Pause kreischen wir in der engen Garderobe und rauchen und möchten nicht immer das gleiche sagen und nicht sehen, was wir sagen und nicht hören. Ulrike zeigt mir wie jeden Tag ihre verbrannten Kniekehlen. Diese hellrosa Flecken, die sich zwischen den birnenbraun verfärbten, faltigen Narbenrändern, je nachdem, wie sie sitzt, öffnen und schließen. Den ganzen Sommer starre ich in ihre Kniekehlen, wenn sie leise, mit keinem Wort zu viel, auf die Fragen der Lehrer antwortet. Und ich höre nicht ihr zu, sondern diesen verletzten Kehlen, durch die ich den Birnbaum vor unserem Haus höre. Und sehe. Und ich wachse. Komm her, Landschaft, denke ich. Geh weg, Landschaft. Es wird Herbst, der Birnbaum fällt, und Ulrike steckt ihre Beine in Hosen. Sie schreien nicht zum Himmel.
Auf den Spaziergängen mit meinem Vater über die nun kahlen Felder sagen wir kein Wort. Und schlafen im Gehen manchesmal ein, ohne stehen zu bleiben. Wir sind in einen Schlaf gefallen und spüren keinen Unterschied. So fest sind wir verbunden. Noch immer fliege ich in seiner Lunge und komme nicht auf die Welt. Daran ist mein Vater krank geworden. Eine Lungenhälfte musste stillgelegt wer-

den. Die Ärzte haben sie auf ihrer Seite im Lungenkorb zur Ruhe gebettet. Ich blieb abgeschaltet in der reglos, leeren Lunge zurück. Bis ich eines Tages einen Schwimmer sah, dem ich mit seinen hoch aufschwingenden Armen und Sprung im Bogen zurück ins Wasser nachfolgen wollte. Und endlich riss ich selber die Arme empor, reckte den Körper zur Luft, um mich noch heftiger ins Wasser zu werfen. Da, nimm mich, Wasser, und dann tauchte ich samt meinen Vogelflossen und Fischsegeln unter. Wer sagte denn, dass Kinder unter Wasser nicht atmen können, nicht leben. Als ich zum erstenmal die Lungen so voller Luft gepumpt hatte, bekam ich das Gefühl von inneren Flügeln. Ich flog vor allem innen, ich flog durch den Wollingster See, der ein Moorsee ist, über den Riedgraswolle schwebte und hängen blieb und schaukelte, bevor sie unterging. Während meine Mutter die Koffer auspackte, das Schreien der Leute hörte, aber nicht dachte, dass ich ertrinken könnte. Sie haben mich rausgefischt, dann ausgepumpt, und ich weiß noch das Gefühl vom Fliegen der Lunge über Wasser. Und dass Wasser eine Art Luft ist. Hatten sie nicht gesagt, sie würden auf dich aufpassen. Gib dein Kind nie anderen Menschen, sagt meine Mutter, sonst ist es gleich im Vater versunken.

*15*. Doch Hand aufs Herz, was soll ein Hügel sein und dabei ein Mädchen? Wo ist da das Herz für die Hand und umgekehrt?
Ich kann mich nicht gut genug finden. Wie viele Mädchen weiß ich nicht, dass ich Hand und Herz habe. Noch nicht einmal für Jungen. Ich habe kein Gefühl für sie. Oh, sie sind sehr interessant, sagen Elsemarie und die Mädchen aus meiner Klasse. Und sehen so aus. Aber ich weiß nicht, was sie tun im Leben. Was wollen Jungen? Sie haben Mofas und wollen ein Auto. Sie wollen immer nur das eine. Mit Jungen kann man nicht reden. Manchmal denke ich, sie sind Affen und wissen nicht, wie sie sich selbst am liebsten haben können. Was sie ja am liebsten wollen. Sie sind zu komisch, je kleiner sie sind, desto mehr sind sie zu Scherzen und Lautstärke aufgelegt. So sind eben die kleinen Flinken, die sich auf diese Weise hervortun. Mit ihnen könnte ich Pferde stehlen, wenn ich das wollte oder aus ihren Becherchen trinken. Aber sie sind nicht interessant, und ich habe nichts für sie übrig, weil schon die anderen so viel Beachtung brauchen. Die bloß reden und weit über uns weg schauen und manchmal den

Mund zu einem leichten Lächeln verziehen. Sie tragen die Schultasche lässig unter dem Arm. Sowohl Tasche wie Bücher kümmern sie nicht, die Schule und der Bus auch nicht. Oh, sie sind erhaben und gleichen den Bäumen im Stadtpark. Um sie zum Lachen zu bringen, braucht es ihresgleichen. Mit denen lachen sie dann. Und sehen so schön und fern und entzückend aus. Ich kann sie lange anschauen. Nie würden sie einem Mädchen die Tasche tragen oder ihr die Hand geben. Das tun nur die Kleinen, die uns manchmal sogar Schokolade schenken.
Frank, der Bandleader von *Dream,* fährt jeden Tag mit uns im Bus, und alle drei Tage sagt er was. Was mich froh macht. Und was ich abends in mein Tagebuch schreibe. *I need a brand new friend,* singt er beim diesjährigen Schützenfest im Zelt und spielt die Gitarre dazu. Er hat so eine Art, im Bus die Schultasche auf den Boden zu stellen, und sofort denke ich, das ist wirklich toll. Und auch seine Locken, die Augen. Elsemarie und ich schauen ihn jeden Tag an, möglichst heimlich und lachen. Wenn er dann sagt, was guckt ihr so, ist das das höchste der Gefühle. Manche Tage nach der Schule steigen wir mit Frank zusammen zwei Stationen früher aus, nur um ihn die wenigen Schritte bis zu seiner Haustür begleiten zu können. Er müsste nur fragen, wir würden ihm sofort die Schultasche tragen. So winken wir ihm vom Gartenzaun aus lange nach, hinter dem er verschwunden ist. Unser Weg nach Hause neben der

B 51 her ist lang. Vorher kaufen wir uns in einem Dorfladen Bananenjoghurt, den wir mit dem Strohhalm zu essen versuchen, was reines Verzehren ist. Und wir überlegen uns, wie es wohl ist mit Jungen, wie es geschieht, und dass wir es vielleicht doch nicht machen würden. Jedenfalls nicht für die, die wir kennen. Zu Hause angekommen, gehen wir zum Bach, in dem wir im letzten Sommer noch bis zum Kinn im Schlamm gesessen haben. Auch die Kühe standen drin. Die Forellen aus den Zuchtteichen haben ihren Laich ins Wasser gespritzt. Und wir gehen zu einer über den Bach führenden, kaum befahrenen Straße. Auf Knie und Hände gestützt, oben durchstößt der Kopf die Spinnweben, kriechen wir durch das Rohr, in dem der Bach unter der Straße fließt.

Ich finde mich für gar nichts gut. Und will anders sein. Beispielsweise für was gut. Ich bete manchmal. Dann liege ich im Bett, krümme mich zusammen und denke mit allem, was ich bin, dass das, was da so zusammengedrückt liegt, ein Wille ist. Und mit meinem Willen will ich gut gefunden werden. Gib mir einen Wert, lieber Gott, stoße ich aus und bin eine Kugel, die Richtung Himmel saust. Und wäre der Himmel – mal angenommen – aus Fleisch, nun ja, die Kugel säße satt drin. Und das ist der Kern von *Peterchens Mondfahrt*, und diese Mondfahrt kam auch früher gleich nach dem Gebet zu Jesus, Maria und Gott über allem. Wobei ich mich schon damals fragte, allerdings leise und so, dass ich selber es nicht wirklich merkte, was mit diesem Josef los war. War er nun der Vater oder war er es nicht. Warum war da auch noch Gottvater. Und warum, wenn Gottvater so was Großes war, wollte er diesen armen Josef nie beachten. Josef tat mit leid, aber ich traute mich nicht, dass er mir leid tat, denn wem würde ich leid tun. Und wer würde an mich denken, wenn schon Gott nicht an Josef dachte. Nun ja, und das steckte ich unter die Decke. Josef und Gott, der nicht denkt, der nur an sich denken lässt und so in allem ist. So war im Grunde ich mit Josef allein unter einer Decke. Obwohl ich ihn eigentlich gar nicht mochte, nur gezwungenermaßen.

*Was bezweckt die Mondfahrt* heißt die Überschrift eines Zeitungsartikels, den ich ausschneide. Ich hätte es gerne gewusst. Aber in der Schule, in der nur Mädchen sind, hat die Frage keinen Sinn. Was wollen wir mit dem Mond? Wir sollen nicht nach den Sternen greifen, sagen uns die Lehrer. Wir sollen mit Spatzen oder so was, egal was, Hauptsache, wir haben's in der Hand, zufrieden sein. Bei Frau Kettemer in Deutsch lernen wir, was Metaphern sind, woran wir sie erkennen und wohin sie uns führen. Am Ende nämlich, sagt Frau Kettemer, ist es besser, dass wir mit dem, was wir in der Hand haben, zufrieden sind als mit den Sternen, dem Mond und eben den Metaphern. Taube auf dem Dach ist keine Metapher, aber wie Sterne und Mond auf dem Dach. Wo-

gegen nur eines hilft, Faust fest zudrücken und froh sein über alles, was gerade drin ist. Fäuste, das geben die Lehrer zu, brauchen Mädchen manchmal, um sie sich gegen die Schläfen zu drücken oder gegen die Stirn zu schlagen, wenn sie sich verwirrt haben. Später, sagt Schreck zum Beispiel, könnt ihr eure Rechenaufgaben euren Männern überlassen. Bis dahin aber, meine Damen, versuchen Sie es doch mal. Mit den Metaphern kommen wir auf den Mond leichten Herzens. Mit den Spatzen in der Hand sind wir dankbar und gehen in die Schule, dann sind wir tüchtig und wirklich. Die Metapher singt und fliegt, und eines Tages lesen wir einen Text von Kafka, der *Auf der Galerie* heißt. Und es geschieht, was nicht anders geschehen kann, keine weiß, was das bedeuten soll. Die, die bei uns in der Klasse reiten, sagen, ja, das würde ich auch mal gerne. Und ich denke an die Tuberkulose meines Vaters und sehe den Text in der Lunge meines Vaters, die eine Arena ist, ein Platz da vorne unter uns, auf den ich schaue, wenn ich auf der Galerie stehe. Alle sagen, was soll das bedeuten. Selig die Jahre, sage ich. Du hast eine Meise, sagt Frau Kettemer. Die Lunge meines Vaters aber steht am Himmel. Das ist eine Metapher. Das Stuhlbein und das Tischbein sind keine. Die Metapher von Mond ist Mond. Von Mädchen Mädchen. Den Mond gibt es. Das Mädchen auch.
In der darauf folgenden Nacht träume ich, dass Elsemarie und ich nach Hause gehen wollen. Es ist

schon spät. Unsere Wege trennen sich. Jedenfalls hätten sie es getan, wenn wir dahin gegangen wären, wo wir hin wollten. Und wo wir – soweit das zu wissen ist – wirklich hin wollten. Doch kaum haben sich unsere Wege getrennt, sind wir schon wieder zusammen. Nur ist die Nacht noch tiefer geworden. Auch dunkler. Ich kann nichts sehen. Elsemarie auch nicht. Das ist das, was die Nacht ausmacht. Und als sie ausgemacht ist, ohne dass sie deswegen schon vorbei wäre, können wir wieder sehen. Jemand hat das Licht angemacht. Ein ausgedehnter Häuserkomplex liegt vor uns, zugleich eine Art Lager. Wir wissen nicht, warum. Ein junger Mann, der nicht Teil des Lagers ist, aber alles von ihm weiß und seine Bestimmung kennt, begleitet uns. Die Nacht ist noch immer nicht vorbei, und doch scheint das Licht wie kurz vor Mittag. Wir können in einem alten Kleidersaal schlafen, sagt uns der junge Mann, und es ist klar, dass wir uns mit alten Mänteln zudecken dürfen. Hohe Bogenfenster öffnen den Saal auf eine helle Fläche, die wir erst durch die Vögel und wie sie immer wieder auffliegen, als würde da draußen ein Morgen nach dem anderen anheben, als See erkennen. Es muss ein See sein. Das Licht ist silbern, und dann diese Vögel, die im Schilf genistet haben. Sie fliegen auf, gefolgt von ihren Schatten, drehen eine Runde, landen, und brechen wieder auf. Wir schauen zu und wissen mit all den Mantelbergen im Saal nicht, in was für einem Raum wir sind. Es riecht nicht feucht, was mich erleichtert, und ich denke, dass ich hier wohl werde schlafen können. Und schon kommt dieser Schlaf zu mir in den Traum, und ich weiß gar nicht, was das ist. Den Schlaf muss ein anderer geträumt haben und schlief dabei und verlor ihn. Und jetzt schlafe ich den verlorenen Schlaf fort. Bis niemand ihn mehr finden kann. Die Vögel erheben sich mit jedem Morgen erneut zu ihren Runden. Was ziehen sie für Fäden hinter sich her. Noch rötere Fäden? Sind sie Vogelweberschiffchen?

Ich knall sie ab, ich hol sie da wieder runter. Nimm die Hände aus der Tasche. Zieh den Bauch ein, steh gerade. Ist das die Stimme des Herrn? Einmal werde ich schreiben, die Vögel weben den roten Teppich in den Tag. Und ein andermal werde ich schreiben, was das alles ist, was ich spüre und nicht weiß und was ich sehe, was nicht zu sehen ist. Das will ich, auch wenn keiner denkt, dass ich denke. Ich denke aber und stehe herum an der Bushaltestelle, hocke unterm Flieder im Hühnergehege, unterm Kinderschirm, der mir zu klein geworden ist, auf den ich so stolz war, wer hat als Kind schon so einen Schirm. Und auch unter Pilzen, unter Bäumen und unter Jägern.

16. Kaum bin ich nach der Schule zu Hause angekommen, gehe ich wieder. Zurück durch den Wald, zur Haltestelle. Der Bus kommt und fährt mich in die Stadt, wo was ist. Beispielsweise Wegsein. Vergessen. Von hier nach da fahren, mich in einen Raum setzen, der ein Lokal ist, in dem ich mich unausdenkbar finde. Ich rauche und trinke Coca-Cola. Ich fürchte mich und rede mit Wildfremden. Die mich mit der Zeit und vom Sehen kennen. Als würde ich am Ast eines Baums hängen, hoffend, dass ich Wurzeln schlage. Dass ich ein Affe werde. Oder ein Stern. Jetzt und immer. Ruhig bin ich nur, wenn ich nirgendwo bin und zwischen wo und wo. Wo ich träume und ein Diener sein will und stets verbeugt, geknickst, die Haare unter einem Häubchen, ich suche einen Herrn. Und bevor ich wieder zum Bus gehe und das Lokal verlasse, bitte ich jeden, den ich kennen gelernt habe, um ein letztes Wort. Dann bin ich so aufgeregt und höre nichts und will den Tag beenden mit Wörtern von denen, die mir keins geben können. Wie sollen sie mich sehen, wie mit mir reden. Wie kommt nur dieses Mädchen hierher. Es ist schwer und falsch geleimt. Wie Hühner das auch sind. Kei-

ne richtigen Vögel, keine Hunde und auch kein Fliederstrauch. Vermaledeite Tiere, auf dem Zaun sitzend und gackernd vor Angst, den Weg zurück ins Gehege nicht mehr zu finden.
Die Stadt hat moderne Häuser und große Geschäfte. Die Straßen sind schnittig und werden mehr. Es entstehen Brücken für Fußgänger und Unterführungen unter Straßen, auf denen ruhig der Verkehr weiterfließen kann. Während oben unter Gehupe und Geblinke Kurven und Umwege gefahren werden. Rot ist der Bus und gelb. Die eine Farbe für die Wupper, die andere für die Sieg. Flüsse sind die Vorbilder für den Busverkehr. Am Rhein ist die Stadt zu Ende und Endstation. Auf der anderen Seite liegt Köln. Ich sitze im Bus und fahre wieder nach Hause. Alles hat sich um mich gedreht, nur ich war nicht da. Ich steige aus, gehe durch den Wald, die Bäume über mir, ich stelle mir vor, dort oben zu gehen und den Kopf nach unten hängen zu lassen.
Und überlege mir so mit dem Kopf nach unten, was Dschingis Khan zu Mädchen wie mir sagt, die kurz davor stehen?
Ein Reigen von Trugbildern? Der Postbote fährt mit seinem Fahrrad an Kamelen vorbei, die vor der Stadt Rast machen. Schau sie dir an. Nein, der Postbote fährt durch die Herde hindurch und bringt seine Post ins Dorf, in dem keine Straßenschilder stehen. Das kennen die da nicht. Nur Trugbilder und Himmelskörper. Ach Sam, spiel uns lieber ein Lied. Der

Postbote gestikuliert; was will er uns sagen. Er sagt, sagt Dschingis Khan, dass er alle Adressen aus der Luft ablesen kann. Steht alles da. Eingeschrieben. Er muss nur lesen. Und ich erinnere mich: Als Kind gelangte ich manchmal, indem ich es so machte, wie ich es in einem Bilderbuch gelesen hatte, auf den Mond. Zuerst musste ich einen Hügel hochklettern, mit einer Lampe in der Hand, denn es hätte ja dunkel werden können, und der Mond braucht Licht, so wie Kinder Milch brauchen. Und dieser Hügel führte hoch genug, um von ihm aus – quasi von seinem Gipfel aus – mit einem einzigen Schritt hinüber zu gelangen, und schon war ich auf dem Mond. Ich hatte auch einen Umhang mit und durfte mich nicht umdrehen. Dafür aber mich ganz dem Mondgesicht zuwenden, und das war nicht zum Spaßen. Ich spielte dort oben nicht. Lernte aber lesen. Wofür die Lampe gut war. Und noch heute habe ich das Gefühl, lesen zu können, was in der Luft geschrieben steht. Darum rauche ich Pall Mall, die Zigarette der Kapitäne, die Zweiwort Zigarette, Pall für Leben, Mall für Landschaft. Beides ziehe ich in mich rein. So spiele ich mir täglich etwas vor. Ich steige auf einen Berg, setze meinen Eisenhut auf, verneige mich und reite auf einem von Dschingis Khans Ponys zurück ins Tal. Wo schon mein Unsichtbarkeitsmantel auf mich wartet, er passt, und unerkannt reite ich weiter aus mir heraus und davon. Ich bin ein Hügel und Hals über Kopf.

Bis morgen, wenn ich wieder da sein muss, wo wir da sein müssen, uns irgendetwas anhören müssen und in der großen Pause aus dem Klassenzimmer gehen; ja, das müssen wir auch. Beim Hausmeister kaufen wir Coca-Cola oder Fanta, um uns wieder hinzusetzen und noch ein paar Worte zu sagen. Ich weiß nicht, was sie reden, die Lehrer, ich habe das Gefühl, jeden Tag werfen sie uns einen Abhang hinunter, wo ihre Sätze wimmeln, die keine Hände und keine Füße haben, also Schlangen sind, vor denen ich mich ekle, und wirklich, sie wollen in mich eindringen und auch in die andren. Die Guten in der Klasse lassen es geschehen. Sie sind durchdrungen von was, und wenn sie reden, höre ich die Schlangensätze der Lehrer. Manche der Sätze habe ich zertreten. Aber sie können einen ersticken. Und wenn ich ihnen den Kopf abbeiße, weiß ich noch immer nicht, wie Tiere reden. Die könnten mir sagen, wie ich was werde, aber ich kann sie ja kaum verstehen. Beispielsweise würde ich gerne hin und zurück sprechen können, wie Kamele es können. Was für eine große Welt hinter den Kamelen verborgen liegt. Sich etwas hin und her, da und weg vorzustellen. Und dabei nicht zu träumen. Nein, ich träume nicht, ich will nur wissen, wie ein Kamel denkt. Vielleicht kann ein Kamel mich gut finden. Immerhin wäre ich dann da. Wäre was. Wer die Schlange in den Schwanz beißt, kann auch andersherum, sagt das Kamel. So kommt es durch die Wüste und wieder zurück. Mit

den Kamelen fängt es an. Das Wissen. Und ich weiß, wer nicht hin und zurück denkt, wer am Schatten vorbei denkt, anstelle ihn zu begrüßen und sich nach der werten Gefolgschaft zu erkundigen, wer über Löcher denkt, ohne zu fallen, wer also in einem Sattel sitzt, aus dem er nicht fällt, wer nicht abfällt vom Denken beim Denken, wer das nicht kann, dem glaube ich nicht.
Die Lehrer aber sagen, ihr wisst nichts. Lernt das Leben mal kennen. Ihr werdet euch noch wundern. Irgendwann muss doch das Träumen aufhören. Ihr habt keinen Weitblick. Schaut nicht ständig aus dem Fenster. Und zieht euch die Röcke über die Knie.

17. Wohin gehöre ich? Auf die Schultern von Riesen? Meine Eltern sind Fliegen. Sie fliegen. Ich bin ein Maikäfer und weiß nicht, was ich auf den Schultern von Riesen verloren habe. Ich heiße Peter. Meine Eltern singen: Flieg, flieg. Das ist ihre Antwort auf Krieg und abgebrannte Landstriche. So war ich ein Maikäfer. Braun und brummend, und da sie mich Peter nannten, männlich. Dass ich zum Mond flog, das war vor allem nachts. Da wären auch Hunde grau gewesen. Lange war ich Peter, der Maikäfer. Ein dickes Kind von armen Eltern auf einer höheren Töchterschule in einer Chemiemetropole. Die höheren Schulen der Stadt wurden nach Chemikern benannt, und, Gott sei Dank, hatte es auch einmal eine Chemikerin gegeben, und nach der wurde die höhere Töchterschule benannt. Die Direktorin allerdings wurde von einem leidenschaftlichen SPD'ler abgelöst. Das war der mit der Lederhand als Ersatz für die im Krieg abgerissene. Er liebt Willy Brandt und will keine Kommunistinnen unter seinen Schülerinnen sehen. Der Wolf streicht sich die Pfote weiß ein, unser Direktor rot, und er isst viele Frikadellen, die der Hausmeister verkauft, denn er hat kein Zu-

hause. Davon hört er sich leidenschaftlich an. Und das wissen wir. Und sagen es ihm. Ich streite mich mit ihm, und manchmal, wenn ich allein bin im Klassenzimmer, stelle ich mich aufs Pult und nenne ihn: Feigling, Angsthasen, Unmut.
Ihr macht alles kaputt, sagt er. Ihr wisst nicht, was Not ist. Welches Elend. Was habt ihr in der Weimarer Republik gemacht, schreie ich zurück. Es wäre nicht gegangen, sagt er. Du Grimmscher Puderwolf, sage ich dann, steige vom Pult und fliege als Peter, der Maikäfer, davon.
Ich lasse lange mit mir reden. Nur nützen tut es nicht. Ich gehe auch lieber um Häuser herum und nicht in sie hinein. Oft sehe ich mich im Bett liegen, neben dem Fenster, hinter dem der Mond steht, und schon bin ich, schwupp, hinaus und weg. So dass ich mich selber nicht mehr sehen kann.
Mein Onkel Peter feierte seinen Namenstag, wenn Peter und Paul Namenstag hatten. Wo aber war Paul, fragte ich mich. Irgendwo musste mein Onkel auch noch den anderen in sich herumtragen. Ich suchte ihn stets danach ab, aber ich fand nicht die leiseste Spur.
Ich habe als Kind nie einen Toten gesehen. Nur einen toten Hund, tote Hühner, Vögel, und in meiner Hand die Frösche, die sich nicht retten lassen wollten von mir und beim Transport gestorben waren. In die Brombeeren gingen wir mit Spazierstöcken oder auch mit Schirmen, ein Eimerchen umgebunden, damit die Hände frei waren zum Pflücken. Was

das wichtigste ist, sagte meine Mutter. Aber auch dort war Paul nicht. Und da ich nicht wusste, wie Tote aussehen, wusste ich auch nicht, was das Ende des Lebens ist. Auch der Wald hinter unserm Haus wusste es nicht. Der Löschteich spiegelte sich in sich selbst, hatte mein Dreirad gefressen und fror im Winter zu. Die Bäume im Wald standen hoch, und auch wenn sich ihre Spitzen bewegten, der Boden blieb sandig, die Wurzeln durchzogen den Boden, der so den Händen meines Vaters glich mit dicken Adern, die sich über den Handrücken schlängelten. Waren diese Wurzeln das Ende der Bäume? Was führten sie im Boden fort, wer wühlte an ihnen und wuchs? Und oben. Ich sah nicht wie der Mond auf sie herab. Und so was prägt sich dem Menschen ein, und der träumt ein Leben lang vom Maikäfer, der fliegt, um das Ende der Bäume zu sehen, und den Blick des Monds zu teilen.

Ich habe ein zu rundes Gesicht. Auf den Fotos, die es von mir gibt, aber auch im Spiegel, kann ich meine Augen nicht als Augen sehen. Wenn ich sehe, kann ich nicht die sehen, die mich sehen sieht. So sehe ich nur hin und nicht zurück. Oder ich sehe zurück und nicht hin. Einmal sehen, wenn ich mich ansehe, ist keinmal sehen. Ich steche mir mit den Augen, die sehen, die Augen aus, die mich mit meinen Augen ansehen könnten. Das ist merkwürdig. Es geht mir immer so. Was für eine fremde, was für eine impertinente Person sehe ich da, die sich mir als mich hinstellt. Ich sage nichts. Und denke mir, ohne mich. Und dass man mich nicht kriegt, so einfach.

Stattdessen sehe ich immer wieder den Hasen vor mir, der neben meiner Großmutter lag, wie sie sagt, und sich nicht mehr rührte. Nachdem die Bombe gar nicht weit weg von ihnen eingeschlagen war. Ihm war die Lunge geplatzt, aber meiner Großmutter nicht. Und so stand sie auf, schüttelte sich, packte den Hasen bei den Ohren und nahm ihn mit nach Hause. Der Weg sah nun anders aus: Wo vorher Häuser gestanden hatten, klafften jetzt Löcher im Boden. Abends gab es Hasenbraten.

*18*. Riesen und Berge haben eine verwandte Natur. Sie unterhalten eine natürliche Größe. Sowohl allein als auch zusammen. Auch ich, als Hügel, der mir in den Kopf kam – und ich habe gesagt, na setz dich mal, und jetzt sitzt er drin – habe eine Natur. Sie ist mir gekommen. Als Natur des Hügels, den ich mir in den Kopf gesetzt habe, um mich abzusetzen. Ich bin ein Hügel, sage ich im Kreis um den Tisch herum in der Küche. In der Küche ist Entrinnen nicht. Und habe ich nicht Vater, Mutter, Kind verloren? Ich sehe anders als Hügel und sehe auch anders aus. Von wegen, würde meine Mutter sagen, womit sie stets Recht hat.
Nichts haben die Riesen geschrieben. Sie können nicht schreiben. Sie haben auch keinen Punkt gemacht. Nur Krach. Wie immer, wenn sie am Morgen aus dem Haus rennen. Und ich ihnen durch den Wald hinterher zur Bushaltestelle. Der Bus bringt mich zur Schule, wo ich angehalten werde, Punkte zu machen. Meine Mutter sagt, jetzt mach mal einen Punkt, wenn ich ihr zu laut oder zu übertrieben rede. Oder wenn sie sich meine Klagen nicht mehr länger anhören will, weil ich den Mantel nicht ab-

schneiden darf, den mir der Schneider aus der Eifel genäht hat. Bei dem auch sie sich ihre Mäntel nähen lässt, um sie dann doch nicht zu tragen, weil es zu schade wäre. Dieser Schneider, der auf dem Tisch sitzt wie im Märchen, im Dorf mit den kopfsteingepflasterten Straßen, voll Dreck und Lehm von den Traktoren. Über die ich mit meinem neuen, bodenlangen Mantel, den Stoff habe ich mir aus dem Musterbuch des Schneiders selber ausgesucht, auf Zehenspitzen gehe. Biste vom Dorf? Nee.
Wo es beim Bäcker fünfpfünder Brot gibt und wagenradgroße Käsekuchen. Nicht weit entfernt ragt auf einem Felsen die Burg Els hervor, während sich im Tal der Fluss, der den gleichen Namen trägt, in einem Wasserfall ergießt und in ein weit ausgehöhltes Becken fällt, in dem ich im Sommer schwimme. An diesem Fluss hat meine Tante ein Grundstück gekauft, auf dem Pappeln stehen, und mit dem nichts anzufangen ist. So dass immer, wenn wir in die Eifel fahren, wir zu diesem Grundstück gehen, uns darauf stellen und sagen, das gehört unserer Tante.
Dann wird durch die Eifel die Autobahn gelegt, die sich nicht regt, nur daliegt in ihren Teilstücken und Abschnitten und Verzweigungen. Und solange sie noch nicht eingeweiht ist, keine Autos auf ihr fahren, gehe ich zu Fuß darüber, weit über die Dörfer, wo die Bäckersfrauen mit offenen Beinen hinter der Theke stehen, die Haare geflochten und zu einem Kranz auf dem Kopf hochgesteckt. Und solange fah-

ren wir über Straßen in die Eifel, von denen jeder jedesmal sagt, die hat der Hitler gebaut, so hat er die Leute von der Straße gekriegt. Und einmal finde ich neben einer Müllkippe am Rand eines Dorfs einen toten Bussard, den ich mitnehme, auf einen Felsvorsprung klettere, und ihn mit ausgebreiteten Flügeln so hinlege und mit kleinen Steinen beschwere, dass er von weitem aussieht, als flöge er.
Nun mach mal einen Punkt, der gute Mantel, sagt meine Mutter.
Und in der Schule lernen wir Punkte zu machen, ganz ohne Gefühl. Aber Riesen tun das nicht. Sie sind ihre eigenen Punkte. Und so sind auch Berge. Ja, die *Riesen vom Berge*. Ein Theaterstück ohne Punkt und Ende. Und dann ist der, der es geschrieben hat, schnell gestorben. So dass keiner weiß, wie's aufhören soll. Nur Riesen. Riesen sind, wo Punkte fehlen. Und ich auf ihren Schultern.
Am Anfang von *Riesen vom Berge* hat ein Mann ein Schloss. Das steht nicht in den Bergen, aber auch nicht weit davon entfernt. Er wohnt in diesem Schloss allein, was seine Gründe haben wird, er ist ja kein König. Draußen vor dem Schloss führt eine Brücke über den Fluss. Immerhin ist der Mann eine Art Graf. Er liebt englischen Tee und die Cucumber-Sandwiches. Er erwartet Gäste. Auf der anderen Seite des Flusses sieht er ab und zu eine kleine Dame im Abendkleid und mit einem blauen, an vielen Stellen zerrissenen Schirm auftauchen. Der Mann weiß

nicht, ob er träumt. Er fragt sich, träume ich? Er weiß es nicht. Da sieht er sie wieder, diese Frau, aber sie schaut nicht zu ihm hin. Sie könnte einfach über die Brücke gehen. Aber wo denkst du hin, sagt sich der Mann. Er erwartet Gäste. Schauspieler. Oder auch Kindermädchen. Er weiß es nicht. Er zündet die Lichter an im großen Saal und setzt sich wieder in die Empfangshalle. Außer der Frau im Abendkleid sind noch andere da. Eine Tierbändigerin, man sieht es ihr an. Sie ist eine Blume. Jeder würde ihr sofort Blume ins Gesicht sagen, wenn auch in Menschengestalt. Mal sind die, die da sind, da, mal nicht. Genauso ist es mit einem Mann im roten Anzug. Er lacht. Die anderen lachen dann auch. Und schon wieder sind sie nicht mehr zu sehen. Der Mann im Schloss fragt sich, was der Unterschied ist von sehen und nicht sehen. Von gesehen werden und nicht gesehen werden. Er denkt, es ist der Unterschied zwischen Berg und Tal. Und eine Brücke – das sieht jeder – wäre zwischen Berg und Tal nicht angebracht. Und das ist eben der Unterschied, unüberbrückbar. Wer sagt das – Und wann kommen sie endlich? Sie müssen über die Berge. Wer über den Berg kommen will, halte sich an die Täler. Doch zurück zum Schloss, das ein Internat für Träume ist. Sie werden dort erzogen. Auf ihre Ruhezeit wird geachtet, und dass keiner abhaut. Das Internat ist zudem eine Einrichtung der Riesen, die, wenn die Träume erst einmal ununterscheidbar geworden sind, sie zu sich nehmen. Wegträumen. Ja, so sind die Riesen; Fresser und Blödmänner. Am Ende des Stücks, das ich in einer Sondervorstellung für Schüler mit meiner Klasse sehe, sind alle weggegangen. Und zu Hause stehe ich davor und denke: Dreh dich nicht um. Und ich tu's nicht, sehe aber zum Fenster raus und schaue Löcher in die Landschaft. Am nächsten Tag müssen wir in der Schule das Stück interpretieren, und ich verfehle das Thema.

19. Meine Mutter ist ein Berg. Mein Vater ist auch einer. Sie mögen die Sterne. Nur andere. Meine Mutter die Filmsterne, mein Vater die über der Wüste, in der er war, als er jung war und ein Soldat. Einmal ist meine Mutter mit dem Schiff ins Leben Richtung Norderney hinausgefahren. Als sie zurückkam, erkannte sie niemand wieder. Wenn ich mir früher einen Film ansah, sagt sie, klingelte es bei mir im Kopf. Das sind ihre Sterne. Im Unterschied zu denen meines Vaters über der Wüste, diesen Löchern im Himmel, die auch auf Erden leuchten, und sich dann irgendwann einmal in seine Lunge verirrt haben müssen. Meine Eltern zogen mich mit *Peterchens Mondfahrt* groß. Wegen der Sterne. Weihnachten wurde es im Erholungshaus auf einer großen Bühne als Weihnachtsmärchen aufgeführt. Irgendwem fehlte was, sah ich, und wollte zum Mond, um es wieder zu holen. Von den Bergen ist es zum Mond nicht so weit, sagten meine Eltern. Was du uns zu verdanken hast. Danke, Mama, danke, Papa. Ach, nicht der Rede wert, sagten sie durchaus unisono, und Berg bleibt Berg. Das Kindermädchen meiner Mutter schickte aus Amerika Nylons. Solche trugen auch Filmsterne.

Frau trägt Bein, hieß es in den Illustrierten, in denen ich neben Königinnen und Dienern und an ihrer Seite lesen lernte. Das erste Bein trage ich dann mit vierzehn. Die Königinnen langweilen mich, auch die Filmsterne, auf die mich meine Mutter hinweist im Fernsehen. Sie sind viel zu alt geworden. Während meine Mutter ihnen alles mögliche von den Lippen abliest. Die Lunge meines Vaters ist viel ruhiger. Trägt Frau Lunge? Irgendwas fehlt ja noch immer, und auf dem Mond bin ich auch noch nicht gewesen. Vorher ist der erste Mann drauf rumgelaufen, und wir können im Fernsehen seine Fußspuren sehen, neben denen die amerikanische Flagge weht. Alles, was ich von *Peterchens Mondfahrt* behalten habe, ist das fehlende Bein des Maikäfers. Er stammte aus einer ehrwürdigen Familie, die das verlorene Bein einfach weitergegeben hat. Doch nie fand sich ein rettendes Kind. Ich auch nicht. Das Kindermädchen meiner Mutter zum Beispiel ist nach Amerika ausgewandert, wo sie Köchin wurde und Dinnerpartys schmiss. In die Hühnersuppe legte sie stets vierzehn bis achtzehn Hühnerfüße, die sie vor dem Servieren selbstverständlich wieder daraus verschwinden ließ. Da kommt das Aroma von selbst, schrieb sie meiner Mutter. Die all ihre Briefe und Karten in einer Schachtel gesammelt hat. Und wehe, sie erwischt mich beim Lesen. Das Kindermädchen meiner Mutter war ganz versessen auf Bergwerke, von denen es in Pennsylvania viele gab. Und sie schickte alle möglichen Ansichtskarten von diesen Werken. Berge allerdings sind darauf nicht zu sehen. Wohl aber das Innere der Werke. In denen sich auch ein Krankenzimmer befand – auf einer der Ansichtskarten ist ein solches abgebildet –, in dem sich der Arzt, wenn er gerade nichts anderes zu tun hatte, in die Anatomie des Menschen vertiefte. Mein liebes Kind, schrieb das Kindermädchen meiner Mutter, als die noch ein Mädchen war, wenn ich schon nicht mehr bei dir sein kann, so schau dir doch diese Karte genau an. Sie zeigt dir das Innere der Berge. Präge es dir gut ein. Und denk daran, dass ein Bergmann nie ohne Hund da runter geht, so dass er stets wissen kann, dass er als zweiter stirbt. Das ist die List der Menschen. Merke dir das, mein Kind, und vor dir sterbe ich. Kann sein, dass der Arzt, der auf der Ansichtskarte in seinem Krankenzimmer sitzend zu sehen ist, der Sohn ihrer Herrschaften war. Und auf einer anderen Ansichtskarte, die auch ein Bergwerk zeigt, ist der Hundefriedhof zu erkennen. Gleich hinter dem Bergwerk flackern auf den kleinen Gräbern Lichter. Während das Kindermädchen meiner Mutter den Aperitif in der Halle serviert. Ganz und gar untadelig. Wenn auch noch bis vor kurzem die Hühnerfüße die Suppe durchschritten. Einer ihrer Onkel hatte sich, nachdem er sein letztes und ältestes Huhn vier Stunden lang gekocht hatte und es noch immer nicht weich geworden war, gleich da, neben dem Herd am Fensterkreuz aufgehängt. Wo blieb nur der

Sohn des Hauses, Arzt im nahegelegenen Bergwerk? Sein Vater hat noch mit Indianern gekämpft. Der Sohn mit deren Geistern, denn tot heißt nicht vorbei, und ein Sohn ist der Liebling seiner Mutter. Und auch der des Kindermädchens meiner Mutter. Er war ihr guter Junge und studierte im Inneren des Bergs in der Krankenstation das Innere des Menschen und des Bergmanns vor allem. Manchmal – allerdings nicht, wenn sie eine Dinnerparty gab – fragte sich seine Mutter, warum ihr Sohn, und dass es der einzige war, muss nicht betont werden, gerade in diesem Bergwerk Arzt sein musste. Aber sie fragte sich nicht gerne, und wenn sie eine Tochter gehabt hätte, hätte sie gefragt: Hast du gut geschlafen? Und die Tochter hätte geantwortet: Hast du gut geschlafen? Was hast du gefragt, hätte die Mutter sie gefragt. Hast du gut geschlafen, hätte die Tochter gesagt, hätte sie gefragt. Ja, danke, hätte sie gesagt. Dabei hatte es gewittert und war sehr heiß gewesen. Liebe Frau Rogalla, hätte sie dann zum ehemaligen Kindermädchen meiner Mutter gesagt, gibt es denn heute keine Sardellenbrötchen?
Mein Vater hat nicht mit Indianern gekämpft. Das Kindermädchen meiner Mutter hat in Amerika in Bergwerken gekämpft und ist von der Küche aus in See gestochen. So haben die Alten gesungen. Auch meine Alten, die vor der Tür gesessen haben, in den Himmel sahen und ihre Sterne suchten, gute und schlechte. Und da sie auch sonst vieles verwechsel-

ten, sangen sie, es ist ein Hügel entsprungen. Als es dann aber so weit ist, sind sie verwundert und fragen sich: Was ist mit unserer Rose geschehen. Sie schauen zum Himmel und meinen ihr Kind.
Das schreibe ich abends im Bett. In dem ich ein Hügel bin. Woher komme ich. Was bin ich. Was soll ich tun. Ich frage mich. Ich steche ins weiße Blatt. Auf die Seite ein. Ich möchte hinter das Blatt kommen, wo ich von hinten und von der anderen Seite sehen kann. Und das ist kein gewendetes Blatt. Nur die andere Seite. Ich will mich von draußen sehen. Und draußen wissen, was ist, was ich bin.

20. Ich frage mich, was Liebe ist. In der Schule sagen wir Love. In Love fallen wir allein vom Reden. Kann sein, dass ich als kleines Mädchen Berge bestieg. Jetzt denke ich im Traum nicht dran. Auf dem Schulhof üben wir *Let Kiss* und singen es ohne Lassen und Küssen, nur als Takt. Love steht auch auf meinem kleinen Lederkoffer, in dem ich meine Schulbücher und Hefte herumtrage. Ich hab es mit gelber Lackfarbe darauf geschrieben und trage den Koffer unterm Arm. Wegen Spatz in der Hand und lieber eine Taube. Ich bin traurig. Ich denke an Liebe und weiß nicht, was ich dabei denken soll. Beispielsweise frage ich mich, ob ich meine Eltern liebe. Was aber auch nichts ändert. Ich habe ein komisches Gefühl. Und ich habe es nicht, um es zu haben. Es ist da. Und weit weg. Warum tut Ferne weh. Ich kenne doch keine Ferne und will auch nicht hin. Aber sie ist nah.

An den Turnbeutel, in den ich den Kanarienvogel gewickelt habe, um ihn zu beerdigen, hänge ich ein Schild, auf das ich Vogel schreibe. Obwohl er Otto hieß. Ich hatte ihm aus Versehen ein Bein abgeschnitten. Meine Güte, aus Versehen und mit der

Schere. Ich finde Vögel immer uninteressanter. Auch die mechanischen. Alte Frauen mögen Vögel und auch ich, solange ich ein Kind war. Vor allem im Schnee. Und bevor sie mit Eisklumpen im Bauch erfroren. Aber seit ich kein Kind mehr bin und noch keine alte Frau, will ich von Vögeln nichts mehr wissen. Von Bäumen schon.
Vor dem Spiegel in meinem Zimmer übe ich: Fass mich nicht an. Aber ich trau mich nicht. Ich übe es auch mit Elsemarie zusammen. Wir schauen in den Spiegel. Wir sind beide, wo etwas ist, was nichts ist im Spiegel. Dann sitze ich bei ihr im Zimmer auf dem Bett und weine. Sie lacht. Dann höre ich auf zu weinen, und Elsemarie weint. Dann lache ich, und wir umarmen uns. Wir sitzen nebeneinander auf ihrem Bett und machen die Augen zu. Wir träumen ein Gefühl. Das da ist. Aber wir machen die Augen nicht auf und halten uns fest aneinander. Ich glaube, wir schlafen, so groß ist alles um uns herum und Ferne. Hab ich je in einem Zimmer gesessen. Kann ich was berühren? Was ist ein Bett? Sei still, sagt Elsemarie, und drückt mich noch fester an sich. Es soll nicht aufhören. Als wir die Augen wieder aufmachen, ist es dunkel im Zimmer. Wir hören ihre Schwester nebenan im Zimmer, wo sie immer ist, sie kann ja nicht raus. Und die sterben muss, wenn sie so alt ist wie wir, sagt Elsemarie. Die Pubertät überlebt sie nicht, sagt der Arzt. Leider kann sie nicht reden. Nur essen und Töne von sich geben. Wir

schauen uns nicht an. Auch nicht in den Spiegel, der so groß aussieht. Ich habe Wut und muss wie immer durch das Zimmer von Elsemaries Schwester gehen. Ich sehe ihren runden Kopf im Bett, die Augen an der Decke, rieche sie, und denke, dass sie sterben muss, wenn sie dahin kommt, wo ich bin. Schnell werfe ich die Türe hinter mir zu. Unten im Hof steht Asta, der Jagdhund von Elsemaries Vater. Ab, Asta, schreit Elsemarie von oben aus ihrem Zimmer.
Ich kann mir nicht vorstellen, dass es wirklich Männer gibt. Die, die ich kenne, sind immer weg, und wenn sie mal da sind, ist alles durcheinander, und irgendwas schwebt oder hängt dann in der Luft, was da sonst nicht hingehört, denn es ist viel zu schwer für die Luft. Selbst wenn es am Mond hängen würde, an besonders stabilen Tragriemen, wie sie die Artisten um den Bauch geschlungen haben, wenn sie sich aus der Zirkuskuppel hinabstürzen und ach, glücklich gerettet werden. Nein, selbst solche Leinen würden nicht halten können, was in die Luft gerät, wenn die Männer mal da sind, die sonst nicht da sind. Und von denen meine Mutter sagt, die würden nichts verstehen. Sie brauchten darum auch kein Verständnis. Es würde mit ihnen nie besser. Nur schlimmer. Das sagt meine Mama und hebt den Finger in die Luft, wo, wenn die Männer da sind, es so drückend ist. Diese Männer, in deren Nähe kaum Luft zu kriegen ist, über denen irgendwas schweben muss, was dann aufgebracht flattert und mit ande-

rem ins Gehege kommt, kaum haben sie den Fuß über die Schwelle gesetzt, die kenne ich und will ich nicht haben. Sie können nicht die Wirklichkeit sein und keine wirklichen Männer. Nein, bestimmt nicht. Es gibt auch keine Bilder von ihnen. Höchstens als Ärzte. Oder im Fernsehen. So haben sie zumindest dort ein Heim und Unterkommen gefunden. Wir kommen auch ohne sie aus, sagt meine Mutter und lässt ihren Finger wieder sinken. Ungelogen. Männer haben oft Lufthunger.
Doch noch mal Hand aufs Herz und umgekehrt. Wann ist ein Mann wirklich? Wenn er keiner ist? Ist das logisch? Nein. Logisch ist, haben uns die Lehrer beigebracht, ein Mann ist ein Mann oder kein Mann ist kein Mann. Aber was ist mit dem Satz: Nur ein toter Indianer ist ein guter Indianer? Sind Fleisch und Blut nicht gut? Was haben tote Indianer an sich, was wirkliche Männer nicht haben, und was Indianer gut macht, wenn sie tot sind. Im Western sterben beide. Unwirkliche Männer, die im Saloon dicke Luft machen, und auch in der Wüste ist gleich alles voll, wenn sie auftauchen, und tote Indianer, die auf den ersten Blick gar nicht tot aussehen, aber dann fallen sie vom Pferd und sind gute Indianer. Aber ist wirklich wirklich und nicht mehr tot? Wie soll ich mir das vorstellen? Ist ein toter Hügel ein guter? Wer hat mich über den Haufen geschossen. Wie der Aschehaufen am Ende von Paulinchen, den die beiden Katzen symmetrisch beweinen. Logikerinnen

sind das. Und hinter dem Hügel taucht Struwwelpeter auf. Ihm fehlen die Hände. Robert, heißt es, ist ausgeflogen. Schwarz ist der Neger, und schwarz sind die bösen Buben. Zappelphilipp liegt zwischen Fraß und Scherben. Ich frage mich, wer hat uns ein Leid getan.

21. Petra ist zusammen mit Sabine, Monika und Heide in unsere Klasse gekommen. Sie müssen das Schuljahr wiederholen und bringen neuen und etwas älteren Wind mit sich. Sie schminken sich, und mehr oder weniger feste Freunde haben sie auch. Petra ist mit Sabine befreundet, wegen Sabines Bruder. Der aber will mit mir befreundet sein, so dass Petra nicht mehr mit Sabine befreundet sein will, und mir ihre Pullover leiht. Was auch nicht hilft. Schön sind noch immer nur die anderen. Ich komme nicht dazu. Nein, ich will nicht angerührt werden. Was nur Tiere verstehen, und darum beißen sie.

Nachmittags treffen wir uns manchmal in Petras Wohnung, aus der die Eltern ausgeflogen sind. Es ist eine moderne Wohnung in einem Hochhaus. Wir spielen Verstecken in der Wohnung. Wir können nicht genug davon bekommen und sind traurig, wenn am Abend ihre Eltern nach Hause kommen und wir aufhören sollen. Petras Eltern sagen, ihr seid doch keine Kleinkinder. Wir kauern uns hinter einen Sessel und sind uns sicher, nicht zu sehen zu sein. Es ist wunderbar. Überall ist Platz für uns. Eine Wohnung ist eine Versammlung von Hohlformen. Und in Hohlformen wollen wir. Wir passen rein, wo was hohl ist. Das ist kein Bild, aber Platz. Und schon sind wir von der Bildfläche verschwunden. Unter Sesseln, auf dem Schrank, zwischen Toilette und Badewanne. Da verstecken wir uns und stecken. Abwechselnd muss eine die anderen suchen, und so können wir auf keinen Fall verloren gehen. Eine Wohnung ist wie geschaffen für unsere Lust, zu verschwinden.

Am Wochenende gehen wir abends zusammen ins *Mauseloch*. Zu Hause male ich die liebe lange Nacht mein Fußbänkchen grün an, und erkläre es zu meinem Tisch im Zimmer mit der Matratze. Und schaue raus in den Himmel zu den großen Tieren im Zelt. Die älteren Mädchen im *Mauseloch* erzählen, wenn es noch nicht so voll ist, wie es im *Lovers Club* in Köln auf dem Rudolfplatz ist. Aber von so was, sagen sie, können wir in Leverkusen nur träumen. Und dann kommen auch schon die etwas älteren jungen Männer, die für uns zu alt sind. Sie sagen, wir wollen nicht mit einem Kindergarten reden. So dass sich die älteren Mädchen von uns ab- und ganz ihnen zuwenden.
Mit Petra, Monika und Sabine fahre ich im Sommer in ein Ferienlager der Arbeiterwohlfahrt auf eine holländische Insel. Sabine hat uns von der Insel, dem Lager und dem Lokal im Ort erzählt, das *Svan* heißt und süß ist. So sind wir hingekommen. Wir schlafen im ehemaligen Kuhstall in Doppelbetten.

Wann immer wir können, gehen wir in den *Svan*. Der eine Kaffeekneipe ist, in der wir an teppichgedeckten Tischen sitzen, rauchen und uns auf alles vorbereiten, was uns schwant. Aber keiner kommt. Und mit denen aus der Jungengruppe geben wir uns nicht ab. Auf dem Weg zurück in den Kuhstall kaufen wir uns Honigbrot. Borstiges Gras wächst neben der Straße ohne aufzuhören. Wir sind rundum von einem Licht umgeben, das die Farbe von Sand hat, vermischt mit ein bisschen dunkler Erde. Dazu essen wir das Honigbrot. Überall, so kommt es uns vor, ist Boden. Wir könnten auch, kopfunter, am Himmel gehen. Oder an den Seiten, mit schräggeneigtem Kopf. Nein, nicht schweben, gehen.
Und es geschieht, dass eine aus unserer Gruppe, sie heißt Edith, zur Musik von *Simon & Garfunkel* am Himmel, Richtung Meer, Gott sieht. Edith ist, nachdem sie ihn gesehen hat – gerade sangen sie von dem Fluss, der unter einer Brücke durchfließt –, verzweifelt. Warum, wissen wir auch nicht. Können es aber verstehen. Und dürfen es nicht weitersagen, sagt Edith. Ich habe in dieser Zeit auf der Insel wieder Angst, dass ein Flugzeug vom Himmel auf mich hinabstürzen könnte. Und schaue immerzu hoch. Aber auch dazu kommt es nicht.
In einer von Petra geliehenen Bluse sehe ich aus wie ein Mädchen aus einer Frauenzeitschrift für Mädchen. Ich schaue das Foto des Modells in der Zeitung an und glaube, das bin ich. Leider will Petra ihre Blu-

se zurückhaben. Und schon bin ich wieder eine, die keine gelbe Bluse hat, keine Schönheit, noch nicht einmal ein Aussehen.
Als ich zurückkomme, liegt im Wohnzimmer ein Zettel meiner Mutter, dass meine Großmutter gestorben ist.
Mein Vater ist im Sanatorium und hat alle Geschenke, die wir ihm zum Geburtstag geschickt haben, zurückgeschickt: Gefällt mir nicht, Vati, schreibt er.
Großmutters Herz knackte, dann war sie tot, sagt meine Tante. Woher weißt du das, sagt meine Mutter. Ich habe dichter dran gestanden als du, sagt meine Tante. Meine Mutter vergießt nie Tränen. Ich werde fünfzehn. Zur Beerdigung gehe ich nicht, weil ich das das Letzte finde. Und stehe, während die anderen auf dem Friedhof sind, in Großmutters Küche vor ihrem Herd. Die rote Holzbank am Fenster mir gegenüber, der Tisch mit dem Wachstuch, das süßlich riecht. Nach Muttermilch und Wischlappen. Schon meine Tanten sind an diesem Tisch auf dieser Bank groß geworden. Der Eckschrank schaut mich an. Die dreieckige Schublade, in der die mit dem Küchenmesser angespitzten Bleistifte liegen. Der Sessel von Großmutter glotzt auch. Daneben die alte Nähmaschine, auf der sie Kittel und Bettwäsche flickte und früher für ihre Töchter die Kleider nähte. Die Wände sind mit Ölfarbe gestrichen. Schluss jetzt, sage ich. Und bleibe und rühre mich nicht von der Stelle. Ich bin angewurzelt.

22. Eines Tages bin ich dann Petrus. Noch ahne ich nichts, und schon läuft mir mein Ölberg über den Weg und in die Arme. Auf offener Straße. Ich Verräterin. Wiesen links und rechts, Rheinauen, im Hintergrund die Kamine des Bayer-Werks. Und es geschieht. Meine Mutter. Sie ist es. Ich erkenne sie nicht. Ich sage nicht guten Tag. Dreimal nicht. Für jede Freundin einmal, die bei mir ist. Erstens für Petra, die so junge Eltern hat, mit denen sie in der modernen Wohnung wohnt, und manchmal sehe ich sie neben ihren Eltern auf dem Sofa sitzen, und sie alle rauchen Lord. Zweitens für Sabine, deren Mutter eine schmale Dame in dunklen Kleidern ist, und Lehrerin. Sie lebt mit ihren Kindern allein und hat ein Zimmer für sich. Sie macht aber nie die Türe zu und sagt: Sabine, du sollst nicht immer süß sagen. Und drittens für Heide, die von ihrer Mutter die Büstenhalter ausleiht. Meine Mutter kommt mir zusammen mit meiner ältesten Cousine, der Friseuse, entgegen. Die ihr in ihrer Küche in der Barackensiedlung eine Dauerwelle gemacht hat. Wie jeden Herbst und jedes Frühjahr. In dieser Siedlung liegt auch das neue Jugendzentrum, zu dem

ich mit meinen Freundinnen unterwegs bin. Nicht weit davon entfernt steht das Haus meiner Großmutter, allein und mit schiefem Dach, wie es seit dem Brand vor zehn Jahren da steht. Noch immer leben Schlafleute darin, der Betrieb geht weiter, sagt meine Tante nach dem Tod meiner Großmutter. Ich gehe nicht mehr hin. Wohl aber meine Mutter, mit aufgedrehtem Haar unter der braunen Mütze und neben meiner Cousine, die die Haare nicht gekämmt hat. Noch vor Morgengrauen. Ich schäme mich für meine Mutter. Für ihren abgetragenen Mantel, sie hat ihre älteste Mütze auf dem Kopf, und Lockenwickler schauen darunter hervor. Das soll meine Mutter sein? Ich gehe an ihr vorbei. Sie macht mir alles kaputt. Jedes Ansehen. Kein Blitz zerteilt mich. Mein Gott, warum hast du mich verlassen.

Meine Mutter sagt kein Wort, nur meine Cousine schaut mich an. Sie will mich grüßen. Ich will mir nichts anmerken lassen. Gehe langsam, gehe ewig an ihnen vorbei. Und sehe, wie meine Mutter meiner Cousine die Hand auf den Arm legt, als sie stehen bleiben und mich ansprechen will. Jetzt bin ich mit dem Rücken zu ihnen, ich bin eine Wand. Feuer kommt keins. Der Himmel öffnet sich nicht. Nicht für mich.

Am Abend, zu Hause, sagt meine Mutter mit frisch frisierten Locken, und schlimmer als Jesus, wir sind ein Fleisch und Blut.

Nachts wechseln die Bäume ihre Orte. Manche fliegen sogar. Kanarienvogelartig. Wenn Frühling wird, und meine Mutter ihre neue Dauerwelle gemacht bekommt. Ich mag keine Abenteuer. Ich will die Ferne nicht nah haben. Ich will nichts nah haben. Nur fern. Fern von mir ist nah. Küss mich doch, Mama. Ich mache auch die Augen zu. Der Mund bleibt draußen. Der Mond ist aufgestiegen. Schon kommt der Hahn. Dreimal muss er schreien. Ich habe meine Mutter verraten. Gott bin ich los.

23. Und was ist ein Kuss? Bewegt ein Kuss einen Hügel? Zwei Küsse, drei? Was ist innen, und was ist außen beim Kuss? Du musst die Augen zumachen, sagt Elsemarie. Was ich mir fest zu merken versuche. Petra macht's auch. Ich hab's gesehen. Aber wenn ich die Augen zumache, geschieht wieder das mit der Weite, in der die Welt schwebt, und ich verliere mich. Schließlich bin ich nicht auf der Welt, die so weit ist, die sich dreht, wer sollte mich da finden? Wenn ich die Augen schließe, tauche ich auf aus meiner Vaterlungenwelt, nur um nicht auf der Welt zu sein und nicht zu träumen, sondern zu küssen. Und klebe am Zungenboden. Umgerissen. Höre die Caprifischer singen, sie haben die Pest an Bord. Ich möchte in den Himmel aufgehen. Zum Traum im Traum werden.
Mir gehen die Häuser durch den Kopf, die nicht mehr da sind seit dem Krieg. Bei Frau Wunsch in Geschichte kommen wir auf keinen Krieg. In Deutsch auf den Dreißigjährigen wegen Mutter Courage. Früher stand das Haus meiner Großmutter von Häusern umgeben. Heute allein. Was geschieht ohne die sieben Berge?

1971 ist die Stadt ein einsamer Ort. Überall sitzen Jugendliche. Sie sitzen selbst in Rathäusern herum, die sie besetzen, und in Jugendhäusern, die sie auch besetzen. Nur anders. Und die für sie und wegen dem Besetzen aus dem Boden gestampft werden. Tagelang sind die Jugendlichen high und gleich oben unter der Decke des Jugendhauses. Wo sie den Glauben an das Wunderbare glauben und an das Alles und das Nichts. Ihr lieben Jugendlichen. Hippies, sagt meine Mutter, Halbstarke. Ich trinke den Codeinhustensaft meines Vaters. Und mache nach einem Anleitungsbuch einen Schreibmaschinenkurs, um was zu lernen. In der Zeitung wird über Uschi Obermüller und Langhans berichtet. Uschi Glas und Rex Gildo treten zusammen im Fernsehen auf. Ein anderes Paar tanzt übers Eis, und nachher singt die Frau von Cowboys und dass sie aus Amerika kommen, was sie von den Indianern weiß. Wilde junge Männer gibt es bei uns nicht. Nur in der Ferne. In Berlin zum Beispiel. Sie kämpfen und sind wunderbar. Wir hier haben keine Ahnung, sitzen barfuß und mit langen Röcken im Park. Will ich geliebt werden? Alle sprechen darüber. Ich warte. Immerhin steht Liebe englisch auf meinem kleinen Schulkoffer. Am Morgen wache ich auf, und mir gegenüber steht die Wand. Zum Frühstück esse ich keinen Honig vom Nachbarn, nehme nur einen Schluck Aktivanat, von der Ärztin verschrieben für Jugendliche, die eine Konzentrationsschwäche zeigen, und dann raus.

Aber wirklich, ich weiß nicht, wie die Liebe in mich kommen soll. Und wie ich zu ihr. Was sollen wir tun. Was ist sie schon. Ab heute nehme ich mir vor, sie ernst zu nehmen. Und reiße mich zusammen und stelle mir sieben Berge vor. Was auch nicht viel mehr aus mir macht. Dabei will ich doch was Echtes erleben. Und fühlen. Und alles sagen. Das ist die Liebe. Auch bei Vögeln. Als ich ein kleines Mädchen war, wollte ich die Welt und weit sehen. Auch wenn meine Mutter neben mir stand und sprach. Oder mein Vater neben mir saß und fuhr. Ich aß Marzipan dazu und war das einzige Kind auf der Welt. Als großes Mädchen aber sitze ich gerne im Park auf Hügeln bei jungen Männern und barfuß. Oft überlege ich mir, ob nicht alles ein Traum ist und wenn ja, was ist ein guter Traum und was ein schlechter? Es ist Nacht, und die Frage verändert sich, und ich sehe nichts. Was ist ein Traum, frage ich mich und will einen Jungen anfassen, in der Pause, am Büdchen zwischen Jungen- und Mädchengymnasium, wo alle es tun. Und ich mit Sabines Bruder, der ihre Haut hat, der mich an meinen Vater erinnert und mit dem ich kein Wort reden kann, und ich denke, ich muss was sagen. Aber ich küsse ihn und suche den Unterschied, und ich kann ihn nicht finden, schon ist die große Pause vorbei. Ich bin nicht im Bilde. Und ein Klassenraum voller Mädchen, und vorne steht König und redet in seinem Eifeler Dialekt, ist kein Bild. Ich fühle es doch. Ein Lehrer ist ein Feind und ein Busfah-

rer auch. Genauso Tante Lucie und die Reichen. Die Jungen wollen immer allein sein mit mir. Auch Sabines Bruder. Und so ist es mit ihnen ein ständiges Hin und Her, und sie verderben mir immer alles, was ich denken will und fühlen, und was ich weiß. Denn was ist dann ich, frage ich mich. Entweder ist da die Familie oder die Jungen wollen das eine. Ich aber bin das Dritte. Manchmal lege ich mich mit ihnen ins Gras und zähle bis drei. Was das Höchste ist. Die Jungen möchten aber weiter allein sein mit mir, und ich nehme meinen Koffer mit Love, gehe und lass sie zurück. Wohin, weiß ich auch nicht, und ich fühle mich nicht größer, nur kleiner, und das ist es, warum alle sagen, werdet erst mal älter.
Sabine schwärmt für die Augsburger Puppenkiste. Vor allem für *Urmel auf dem Eis.* Oder heißt es aus dem Eis? Wir wissen es nicht und schauen uns nachmittags die Sendung an. Wir können uns nicht entscheiden. Sind wir auf oder aus der Erde? Bestehen wir auf oder aus Fleisch? Und bauen wir auf uns auf Sand? Sabine sagt, süß. Was wir auch finden.
König, den wir neu in Deutsch haben, liest mit uns noch andere Theaterstücke. Theater gefällt mir. Nur nicht, wenn wir als Schulklasse hingehen. Wir sind ja nur Mädchen. Dann lärmen wir, weil wir uns als Schulklasse nicht mehr wieder erkennen. Wir wollen nur sehen, wer stärker ist. Warum ist denn keiner nett zu uns? Und in einer der Schülervorstellungen sehen wir *Prinz Friedrich von Homburg* auf der

Bühne sein eigenes Grab ausheben, was wir einfach nicht geschehen lassen können. Bis der Prinz, der Bruno Ganz ist, aufhört zu schaufeln und traurig zu sein und brüllt: Aufhören, oder ich spiele nicht weiter. Was uns erschreckt, denn es sind prinzliche Worte. Wir sind dann ganz still, als er den Lorbeerkranz aufgesetzt bekommt, und finden, dass er wirklich nett zu uns war.

24. Es passiert so viel, wenn man Kind ist. Und wenn man anfängt, keines mehr zu sein, wieder. Und man sagt sich, was ist schon morgen. Etwas muss passieren, schreibe ich. Es ist Nacht. Hoch oben in meinem Hügelbewusstsein gehe ich in bestem Hügelgefühl herum. Ich bin ein Hügel. Ich bin im Wort Hügel. Von Hühnern aufgepickt. Da lachen ja – ewige Drohung – die Hühner. Wer will schon einen Hügel lieben? Geschweige denn das Wort. Das unter einer Fichte steht. In einer Truhe aus Eisen, in einem Turnbeutel, in den ich den Kanarienvogel mit abgeschnittenem Fuß gewickelt habe, im Kanarienvogel ein Korn, das die Hühner vom Meer oder vom Hügel übrig gelassen haben, und wer das Korn findet und aussät, wird ein Mädchen wachsen sehen, mit einem Beil in der Hand.
Als ich zwölf war, habe ich schon einmal geblutet. Ich war in einem Ferienlager und blutete. Die Unterhose war voll Blut. Ich versteckte sie. Ich war ja noch ein Junge. Ich bekam Fieber, und das Messer fiel mir aus der Hand bei Tisch. Fröhlich schritt die Gemeindeschwester mit umgehängter Gitarre durch die Flure, riss die Türen zu den Schlafzimmern auf

und sang: *Im Frühtau zu Berge*. Und schon hatte sie mich erwischt und fragte: Wo ist die Unterhose. Bitte sperren Sie mich ein, sagte ich. Im Krankenzimmer hörte ich draußen die anderen Mädchen Abtreffen spielen, und wenn der Ball eine traf. Dort werden morgen blaue Flecken blühen. Die Blutung hatte aufgehört. Ich zerschnitt die Unterhose, die die Gemeindeschwester in der Hand gehalten hatte, in kleine Stücke. Die ich vor mir ausbreitete. Ich sah die Finger der Gemeindeschwester ins Blut tippen. Und wie es früher war. Im Nervenlager für Kinder von Müttern, im Wald, wo auch die Menschenfresser wohnten, neben den Baracken zum Luftschöpfen. Wo wir – noch Kinder – *Laurenzia* sangen. Und uns auf unsere Kinderknie warfen, tapfer und zur Huldigung der Planeten, die in Montag, Dienstag, Mittwoch und noch viel mehr in Donnerstag, Freitag, Samstag stecken. Sonntag ist der Tag des Herrn. Wann nur würde Laurenzia wieder kommen, war unsere Frage. Laurenzia schwamm aufgeschlitzt im Teich, die Menschenfresser hatten sie noch nicht gefressen. Erst Montag, Dienstag, Mittwoch. Und so hofften wir, sie wieder sehen zu können. Möglichst tot und aufgeschlitzt und mit dem Messer im Bauch. Die Menschenfresser würden sie erst abends essen. Wenn wir bereits wieder bei unseren Nervenbündeln von Müttern waren. Und war es nicht so, dass Laurenzia ein bisschen nach unseren Müttern roch? Wir haben das Messer ja in ihrem Bauch gesehen.

Oh ja, ich sehe was, das du nicht siehst, und das bin immer ich. Ich bin nicht, was sich gehört. Was sich gehört, ist Luft für mich. Als kleines Mädchen war das anders. Was sich gehört und ich gehörten ganz meinem Vater. Er konnte natürlich zaubern. Er tat alles dazu. Umarmte ich ihn, stieß er Rauch aus. Der riecht nach fremder Frau, sagte meine Mutter. Er trug einen Hut und ein gefaltetes Taschentuch. Schlaf, schlaf, sagte er zu mir. Er war so stark, er konnte mich aus dem Haus heben und weit darüber. Mit offenen Augen, dem Himmel gegenüber. Und dann fielen mir die Augen zu, das war sein letzter Zauber, seitdem kann ich mich nicht mehr sehen. Und ich frage mich, wo ist mein Anblick begraben. Nicht begraben zu sein, hält er nicht aus.
Was schmerzt dich, Kind, sagt keiner. Du musst nur wollen, sagen alle. Und nicht träumen. Vater- und Mutterberge. Viele lange Jahre Nachkriegsessen in Bergen auf dem Teller durchschwommen. Auch alles, was sie sagten, durchschwommen. Geschuppt und gewappnet gegen Unträume und Nichtträume.

Früher hatte ich einen Kreisel, der schlug Funken. In seinem Metallmantel steckten Fenster. Aus denen blitzte es, wenn ich ihn drehte. Und in den Fenstern zuckten Lichter auf. Je schneller, desto mehr. Ich wusste genau, was drin lebte und sich regte: Paulinchen, Aschenbrödel und die, die unter den Hufen von König Drosselbarts Pferd ihre Schalen einbüßt. Und manchmal versuchte ich, sie mit dem Hammer daraus zu befreien. Jetzt weiß ich nicht mehr, was in mir steckt. Ein Fühlgefühl macht sich breit. Und noch darüber hinaus. Innen ist es Fühlen, draußen ist es nicht da. Erst brennt Paulinchen, dann glüht seine Asche. Katzen heulen Seen auf Aschehaufen. Warum bist du nur für alles so empfänglich, sagt meine Mutter. Wir müssen frei sein, will die Liebe, für Liebe. So kommt die Angst vor dem Verrücktsein auf. Und eines Tages sehe ich im Fernsehen einen Film aus England: *Family life*. Was so viel wie Familienleben heißt. Zu Hause herrscht Vater Mutter Kind vor. Im Film gibt es ein Mädchen, das sitzt eines Morgens im Garten. Ganz ruhig. Hin und wieder wechselt es über den Gartenzaun ein paar Worte mit Tieren. Vögeln und Ameisen und so. Ihre Mutter sagt, aber Kind. Ihr Vater geht zur Arbeit. Sie malt sich auf den Bauch ein Kindergesicht, das lacht sie von sich aus an. Sie isst manchmal von Brombeersträuchern Brombeeren. Dann wird sie im Rollstuhl in einen Hörsaal gefahren, und ein Professor sagt zu den Studierenden, sie sollten sie angucken, so sähe eine aus, die seit sechs Wochen nicht mehr spricht. Was ja nicht wahr ist, er hätte nur in den Garten gehen und die Vögel fragen müssen. Dann fährt die Kamera langsam aus dem Hörsaal raus. Das Mädchen aber bleibt sitzen. Und ich auch, die ganze Nacht. Komisch ist nur, dass ich lebe und lebe. Woher nehme ich das. Und ist fühlen schwimmen? Auch. Und fliegen. Fliehen auch.

25. Ich bin abgesplittert, dann abgefallen. Ein Splitter steckt im Bett. Und weil ich denke, ich schlafe, bin ich. Und gleich am Schwarzen Meer. Es ist schwarz und rollt ans Ufer. Nicht weit von mir tauchen meine vier Tanten auf. Wer hat sie hierher gebracht? Mit welchem Schiff? Die gehen doch in keine Nussschale. Hinter Bäumen und Büschen sehe ich sie stehen. Sie stoßen Laute aus, die sie aus der Brust und durch die Kehle rollen. Wir ziehen uns um, rufen sie. Und verschwimmen mir vor den Augen, die ganze Blase Tanten. Sie tragen ihre erbsengrünen Kleider, die ihnen ihre Mutter genäht hat, mit angesetztem Volant. Kleider, die Fischreusen gleichen, nur für Körper. Mir wird schlecht. Sie schlagen Blasen. Etwas muss sie gerührt haben. Ewald hat uns gebracht, mit dem schwarzen Mercedes, sagen sie, mit dem er von seiner Funkzentrale aus, wo seine Tochter sitzt, Taxi fährt und uns hier in die Ferien. Die ganze Blase, grün schimmernd. Tante Hanni, schwer, breit, ein Koloss, mit ihren schwarzen Locken, hebt ihre Arme, lacht, stampft mit den Füßen. Jetzt auch die anderen, ihre nicht weniger dicken Schwestern. Wie noch nie bewegen sie sich.

Und locken mich herbei. Rück an unsere grüne Seite, rufen sie. Wie soll ich das finden. Das Schwarze Meer liegt quer im Land, schlägt an die geographische Ordnung. Geographie ist Lehrer Krämers Sache. Der im Unterricht hier ein Licht aufgehen lässt, da eins. Am Ende der Stunde schaltet er sie der Ordnung halber wieder aus und sucht sein Taschentuch. Irgendwo muss es doch hingekommen sein. Das Meer, die Menschen, die Erde. Sie lachen über Krämer, die grüne Blase bebt, meine Tanten sind Pflanzen, ich eine Pflanzenabstammung. Und laufen los, sie hocken sich in den Sand, wo sie, still dann, versickern. Und werden Meer. Immer mehr. Wie wir, wenn wir – ich meine wir, ihre Kinder, als wir noch klein waren –, wenn wir uns hinhockten, zusammengestauchte Knollenpflanzen, die Augen geschlossen, und uns vorstellten, an der Mauer des Schlaraffenlands zu sitzen und sie zu essen. Wir kauten, schluckten, leckten und dachten, wir müssen nur durchhalten. Und hinein kommen, wo doch jetzt schon das Paradies war. Dahin, wo die gebratenen Hühner fliegen, und nicht nur das Messer, auch die Gabel im Bauch haben.
Ich bin ihr Früchtchen. Meine Eltern haben mich erfunden. Ich glaube zu schlafen, ich muss nur aufwachen. Ich höre das Meer, und unten aus der Küche den Papagei, der nicht reden kann und sein Krächzen gegen die Gitterstäbe donnert. Er will nach Kalkutta. Sein Käfig steht mitten in der Küche auf der

alten Waschmaschine von Tante Hanni, Ersatz für die Waschmaschine in der Waschküche, wenn die es mal nicht mehr tut, sagt meine Mutter. Dann habe ich noch diese, die andere. Was sie am liebsten sagt. Unser Papagei, die grüne Perle auf der Waschmaschine, stimmt ihr wie immer zu und hat die ganze Nacht nicht geschlafen. Die eine Hälfte der Waschmaschine ist der Waschbottich, in dem ein großer hölzernen Quirl die Wäsche bewegt und die Lauge schäumt. Daneben, unter einem runden Deckel, der schmale Schleudertopf, in den wir uns als Kinder, sobald er zu schleudern begann, endlos hineingesehen haben durch ein schwarzes Loch auf einen ebenso schwarzen Punkt zu, der auf der anderen Seite der Welt lag. Wo wir hin wollten und den Arm den Augen nachzuschieben versucht haben, was natürlich strengstens verboten war. Wie alles, wo wir hätten wegkommen können. Und es kann die Aufgabe von Tanten sein, grüne Seiten zu haben, an die ich mich setzen und rücken kann. Auch riechen. Zwischen Brust und Achsel. Ihr Blumen. Ach Kind, sagen sie. Ja, bitte, sage ich, macht den Deckel nicht zu, Augen und Ohren auch nicht, und bitte, sage ich, sagt nicht, ihr macht ihn nicht zu, und kaum bin ich drin, macht ihr zu. Und bitte, macht zu und sagt nichts.

26. Mit fünfzehn. Meine Güte, mit fünfzehn. Mädchen, sag ich zum Mädchen, das in mir steckt und nicht Mädchen denkt und nicht isst, was es ist. Auch nicht bleibt, nein. Lieber verhungern will. Mein Gott, Mädchen, iss. Nein.
Ich will nur essen, was wirklich ist. Keinen Traum mehr, keinen Raum und auch keine Sterne. Auch keine Versprechen. Nichts, wovon ich nichts habe. Und Hunger esse ich am liebsten. Und ohne Gefühl. Vor unserem Haus spielen die beiden unehelichen Kinder meiner Cousine mit Spielzeug aus einer Holzkiste. Der Hund des Nachbarn frisst vor der Haustür einen Knochen, den er auch in der Kiste gefunden hat. Solange meine Cousine arbeiten geht, versorgt meine Mutter die Kinder. Sie machen noch in die Hose und werden in der Küche neben der Spüle, und während der Papagei wütend krächzt, gewickelt. Ich schaue sie über die Schulter meiner Mutter an und denke, sie sind monströs. Geh mir aus dem Rücken, sagt meine Mutter. Manchmal müssen sich die Kleinen erbrechen und stehen steif gegen die Wand gelehnt und fürchten sich vorm Erbrechen und tun's und schreien und schreien und erbrechen sich.

Mein Vater spricht nicht mit ihnen. Und meine Mutter steckt sie in Lumpen, damit sie sich dreckig machen können.
Meine Mutter möchte, dass ich Sparkassenangestellte werde. Oder aufs Amt gehe. Und Schreibmaschineschreiben ist immer gut. Vielleicht sogar die städtische Verwaltung. Mittlere Beamtenlaufbahn. Und Apothekerin? Wenn du unbedingt willst, sagt sie. Ich will Modeschöpferin werden, sage ich. Das klingt interessant, sagt sie.
Mein Vater möchte, dass ich eine Frau werde. Wenn nicht, ist es auch gut. Wir gehen dann zusammen über die Felder und sind zwei Freunde. Beim Bauern holen wir Milch und rauchen zusammen wie Freunde.
Er Pfeife, ich Zigaretten, *Pall Mall*, die er mir aus Holland, wo er für sich den Tabak kauft, mitbringt. Gib mir jeden Abend drei, den Rest verwahr mir, bitte ich ihn, denn ich rauche schon in der Schule zu viel, meistens selbstgedrehte.
Wenn ich nach der Schule nicht weggehe, sitze ich auf meinem Bett mit Rosenwäsche und träume und überlege und will und tu's nicht und sage zu mir, fass mich nicht an, und sage, fass mich an. Bis es Abend ist. Mein Vater klopft an die Tür und schaut zu, wie ich die erste rauche. Dann gehen wir über die nahe gelegenen Felder und Hügel. Der Bauer, bei dem wir Milch kaufen, hat ein Reh im Gehege. Es lässt sich streicheln, und wir tun's. Eines Tages sagt mein

Vater, vielleicht sollten wir tot sein. Ja, sage ich. Ich halte seine Hand und rauche die zweite Zigarette. Oder wir gehen einfach so dahin, um die Dörfer, wo die Gärten hinter Maschendraht liegen.
Eltern hat mein Vater nie gehabt. Er ist nicht erfunden worden. Auch nicht von meiner Mutter. Nur einmal erzählt er mir auf einem dieser Spaziergänge von einem Großvater, der da plötzlich mit ihm und seinem Bruder Paul – dem Kommunisten, der seine Frau und die Kinder verlassen hat, und nach Südamerika ausgewandert ist –, wie er über die Felder läuft mit den beiden Jungen. Und den Drachen hinter sich herzieht, der dann schnell, knatternd hochtost zum Himmel, um da zu bleiben, helles Segel, aufs Holzkreuz genagelt, einen Faden mit bunten Schleifen hinter sich herziehend. Der Drache speit Sonne. Und unten der unverhofft aufgetauchte Großvater in zu kurzen Hosen, Vaters Bruder Paul, der jünger ist als mein Vater, und gerade laufen sie über die Felder.
Paul lässt nicht mit sich reden, nicht mit sich spaßen, weiß, was er weiß, sagt er, wenn mein Vater mit ihm reden will. Und später nennen sie Bruder Paul Radaukommunisten, und der sagt zum Hindernis: Arme steif und drüber. So fährt er und denkt er und kommt von Frau zu Frau. Der Großvater hat zu kurze Hosen an. Das Hochwasser steigt aus den Schuhen die Knöchel hoch. Und er stirbt auf einer Holzkiste, neben dem Kohleneimer in der Küche. Wo sie

den Drachen gebastelt haben, der Sonne spie. Woher dieser Großvater, ich hatte noch nie von ihm gehört. Er kam nicht, sagt mein Vater. Er war da. Er lief übers Stoppelfeld.

Vielleicht sollten wir vor einen Baum fahren, sagt mein Vater. Vielleicht, sage ich. Und wir gehen mit der Milchkanne in der Hand über die Felder nach Hause. Im Himmel über uns und nicht zu sehen, liegt Afrika, wo auch mein Vater liegt im Krieg und noch immer hofft, ein Prinz zu sein oder gar eine Prinzessin. Die von irgendwas reich sein sollte, und wäre es auch nur von Sand, Licht, Himmel. Später bettet er sie gut und in Krankheit ein, er gibt ihr seinen ganzen Brustkorb. Auch Blutstürze. In die ich von Anfang an verwickelt bin. Sie wohnen im Haus, oben auf dem Speicher und rechts von der Kiste mit dem Weihnachtsschmuck. Sie kommen nur noch selten runter, doch wenn, dann gestürzt. Mein Vater hätte gern ein halbes Pferd. Wie Münchhausen, sagt er. Vor allem, wenn er lächelt. Und das ist eine schöne Geschichte.

Aber ich frage mich, was gehen mich meine Eltern an. Was habt ihr nur gemacht im Leben, frage ich sie. Sie sagen nichts, und ich werfe die Türe zu. Und gehe weg. Oft zu Elsemarie, die sich auch fürchtet und raus will aus allem. Wir fahren nach Köln und nicht in die Schule. Wir sprechen wildfremde Menschen in der Straßenbahn an, die gelb ist. Ich habe das Gefühl, etwas ist vor mir. Und ist besser und ein hellerer Schatten, ein Schein von mir. Dieses Gefühl bleibt intakt. Und macht Musik. Singt Lieder von Männern einerseits und Frauen andererseits. Die einen reiten über die Hügel durch die Wüste, die anderen bleiben eben draußen. So singt auch das Gefühl von mir vor mir mich an und vor sich hin. Unterm Arm tragen wir unsere Schultaschen durch ganz Köln. Schließlich kaufen wir uns im Hertie Schokolade und fahren wieder zurück. Wo wir nach den Jungen aus dem Nachbardorf Ausschau halten. Elsemarie lacht so laut, und ihre Haare sind hell, dass die beiden gleich wissen, wo wir sind. Wir gehen mit ihnen ins Wäldchen zwischen die Hügel. Ich höre Elsemarie aus dem Laub lachen mit Kurt. Komm, wir gehen, rufe ich. Und Elsemarie kommt. Und Kurt und Klaus bleiben im Wäldchen zurück. Dann fahre ich in die Bruder-Klaus-Siedlung auf der gegenüberliegenden Seite der Stadt, wo die jungen Männer wohnen, die ich mit Petra kennen gelernt habe. Einer heißt Mac und ist Petras Freund, Bernd ist sein Bruder und größer als Mac, aber weniger hübsch, obwohl man mit ihm reden kann und mit Mac nicht. Sie spielen Baseball zusammen. Petra findet das sehr interessant und fährt mit der Mannschaft im Bus mit. Ich bin enttäuscht von ihr. Ein anderer aus der Siedlung heißt Jürgen. Er redet zu schnell und fängt dann an zu stottern. Dann lacht er, damit es keiner merkt. Meine Güte. Er zappelt und stottert. Die anderen Mädchen finden ihn schön und sagen, sie würden von ihm träumen. Und so gehe ich mit ihm, als er kommt. Nicht aber weil er mir gefällt. Und ich gehe zu ihm nach Hause in die Wohnung, wo die Eltern gerade fehlen, und auch dort spricht er zu schnell und zeigt mir Bilder von Renoir. Der ist ein großer Maler, sagt er, und fasst mein Bein an. Dann zeigt er mir ein anderes Bild von Renoir, das im Wohnzimmer als Kunstdruck aus dem Kaufhof hängt. Er berührt meinen Rücken, den Hals. Willst du noch Kaffee haben, fragt er. Und so gehen wir in die Küche und von der Küche wieder in sein Zimmer. Jethro Tull spielt auf der Querflöte. Und Jürgen ist ein schöner Junge, das sagen alle und beneiden mich. Ich reiße mich zusammen und versuche, von ihm zu träumen und ihn nicht anzusehen. Schon ist er wieder im anderen Zimmer, was es mir leichter macht. Als endlich seine Eltern kommen, und wir raus müssen. Hand in Hand gehen wir bis ans Ende der Bruder-Klaus-Siedlung, wo die Felder anfangen. Dort legen wir uns hin und fassen uns an, und weiß der Himmel, wofür das alles gut ist. Dann fährt mein Bus, und ich muss mich beeilen.

Morgens, mittags, nachmittags und abends fahre ich mit dem Bus. Und muss immer umsteigen, und abends ist die Verbindung besonders knapp. Dann stehe ich an der Bushaltestelle vor der Firma Textar und warte auf den letzten Bus von Köln, Richtung Wermelskirchen und befürchte, dass er schon weg ist. Die Häuser sind verdunkelt, die Ampelanlagen

ausgeschaltet. Und als Erde bleibt mir dieser Spalt, der sich zwischen Aussteigen und Einsteigen in den anderen Bus auftut. Beschienen von der gelben Neonschrift der Bremsbeläge herstellenden Textar. Jeden Abend kommt diese Angst, zwischen zwei Busfahrplänen zu verschwinden; weg mit dir.
Manchmal kommt unterm Fabrikstahlzaun ein Hase angehüpft, blind wie alle Hasen in den öffentlichen Beeten. Und wenn ich ihn sehe, schlägt – ganz ohne Übertreibung – mein Herz als Hase. Und ich denke an Dschingis Khans Leute, die, als sie über die Hügel im Osten nach Westen geritten kamen, high waren.

27. Ich will küssen. Und in Löffelstellung liegen und lieb haben, doch wen?
Einmal ist immer das erste Mal, sagt meine Mutter. Aber was ist das letzte Mal? Vielleicht kann ich schlafen, und das ist das letzte Mal?
Ich bin traurig und sage, ich bin traurig. Ich bin allein und sage, ich bin allein. Was ich noch nie gesagt habe. Und noch nie war ich traurig und habe gesagt, ich bin traurig. Ich war nur so ähnlich. Und fühlte wie Bäume fühlen und Wind. Und dass es nichts zu sagen gibt. Kinder müssen still sein, hieß es. Und stand nachts manchmal an der Wand geschrieben. Wir kannten Geschichten von Kindern, die es nicht waren, und denen wurde von ihrer Mutter eine Kreuzspinne in einer Nussschale auf den Rücken gebunden. Für jedes zu viel gesagte Wort biss die Spinne dem Kind das Widerwort in den Rücken ein. Doch hofften wir, dass sie einander zum Bötchen würden, wenn die Spinne in ihrer Nussschale und das Kind ins Wasser fielen.
Du sollst nicht wie der Ochs am Berg und mir im Weg stehen, sagt meine Mutter und fegt an mir vorbei. Aber das Wasser ist so tief, sage ich, was sie nicht

hört. Es gibt ein Lied aus Amerika und handelt von Büffeln. Die stehen auf dem Berg, wo alle sie sehen können. Und Pfeile auf sie loslassen, die fliegen und sie nicht erreichen, und doch ihnen alles verderben. Beispielsweise die Sicht, das ruhige Büffelauge. Sie sind auf den Berg gestiegen. Pfeile sind keine Vögel, wenn auch Federn sie beschleunigen. Es ist lange her, dass sie Vögel gesehen haben, sie können sich kaum mehr entsinnen, die schweren, zotteligen Büffel. Und als sie oben ankommen, schauen sie herab. Da liegt die Ebene. Flacher Sichtteppich vor ihren Hufen. Wollten sie da nicht hingelangen? War da nicht ihr Zuhause? Sie lagern am Gipfel des Bergs, auf Moos und Disteln. Das da unten ist Medizin für sie. Sie mögen nicht essen vor Heimweh. Und am Morgen steigen sie hinab. Sie rennen, ihre dunklen Hufe donnern – nein, das sind nicht Dschingis Khans Ponys. Die kommen von Osten. Und die Büffel kommen von Westen. Es ist lange her. Sie wollen an ihre Medizin kommen, an Land.

Unser Jugendzentrum in den Kämpen war früher nichts für Jugendliche. Jedenfalls nichts für solche wie wir es sind. Es gibt andere als uns. Die trinken Bier und Cola Rum, und konsumieren. Und wir wollen nicht konsumieren. Und wollen ein Jugendzentrum ohne das. Wir müssen uns befreien, weil wir sonst entfremdet sind. Und weil wir keiner Illusion unterliegen wollen. Illusionen sind Flucht, sagt

Barbara Bergmann. Ja, sage ich, wir müssen über sie hinwegkommen. Ja, sagt Barbara, wir müssen uns losmachen. Dann fliegen.
Wir sitzen vor dem Eiscafé Monti, wo alle sitzen, die eine Stunde frei haben oder blau machen. Ich schaue Barbara an. Die ich oft nicht verstehe. Sie redet in Brocken. Und ist selber ein Brocken. Heute aber habe ich das Gefühl, ich wüsste, was sie meint. Ihre Haare sind glatt und eckig kurz geschnitten. Sie ist noch nicht einmal geschminkt. Obwohl sie älter ist als ich. Sie trägt kurze Söckchen und Hosen ihres Bruders. Pass mal auf, sagt sie, ich sag dir was, und sie sagt: Finger kann man brechen. Egal wie viele davon. Fünf oder zehn. Aber eine Faust, und sie zeigt mir ihre Faust, schaut mir dann in die Augen, eine Faust, sagt sie, in die bricht keiner so leicht. Was mich umhaut. Das habe ich mir noch nie überlegt.
In der nächsten Nacht träume ich einen leeren Traum, jedenfalls ist alles dunkel. Und ich wache am Morgen auf und finde meine Hand zur Faust geballt neben mir liegen; so eine Kugel. Huch, denke ich, da wettert die Kugel schon los und gegen die Decke des Zimmers, ha, sag ich ganz folgsam, dir zeig ich's Gaul.
Und ich gehe mit aufs Rathaus, wo wir sagen, wir wollen ein Jugendhaus, wo wir sein können, wie wir sein wollen und ohne Konsum. Das sagen alle und sitzen mit Verachtung auf dem Gang, die die Augen klein macht, mit denen wir die Männer der Stadtverwaltung anschauen, wenn sie eine der Türen öff-

nen und sie gleich wieder schließen. Sie sagen, sie wollen nur mit einem von uns reden. Einem Vernünftigen. Woher sollen wir einen nehmen, wenn wir doch so viele sind, sagen wir dem Mann von der Stadt, und der macht gleich wieder die Türe zu. Spießer, sagen wir. Und Johnny und Manfred holen Gitarren hervor und singen das Lied von Bob Dylan. Das liegt in der Luft. Und so ein Rathaus ist was Seltenes. Wie auch Berge in unserer Gegend selten sind. Wir tragen keine Waffen, sagen wir dem Hausmeister, der uns rauswerfen will. Das ist mir egal, sagt er. Schwein, sagt einer von uns. Wir sollten ganz schnell verschwinden, sagt der Hausmeister. Draußen ist es schon dunkel. Was soll aus uns werden, fragen wir nicht, und es liegt auch nicht in der Luft.
Nein, keine Fragen. Es ist nicht die Zeit der Fragen. Zeit des Wissens aber, dass alles in uns steckt. Niemand sonst, nichts sonst. Wir schmeißen alles raus. Und ich auch die Liebe, die nur ein Sinn ist. Der sechste oder siebte. Ich tue nicht, was ich will. Aber ich weiß. Und alles. Und besser.
Barbaras Bruder Franz mag mich, und ich denke, er ist verrückt. Er spricht gedehnt und leise, dann quietscht er, was er für Lachen hält. Er hat den gleichen Haarschnitt wie seine Schwester, mit dem Pony bis in die Augen. Sie wohnen in Rheindorf, und eines Tages wird die ganze Familie Bergmann von etwas heimgesucht. Und es geschieht. Franz und Barbara flüstern, sie haben mich mitgenommen, ich

soll gucken. Wir schleichen über den Flur. Es ist ein Schatten. Sie werden von einem Schatten überfallen, der ein Loch ist, eine Dunkelheit zum Durchsehen, ein dunkles Zimmer mit einem dunkleren Kern darin auf einem Stuhl. Das ist meine Mutter, sagt Barbara. Mit der Zeit höre ich sie atmen, langsam, ich glaube, ihre Augen zu sehen. Sie lauscht. Sie ist Schauspielerin am Aachener Theater. Sie kann nicht auftreten. Und wir schließen wieder die Tür. Es ist gekommen, sagen Franz und Barbara. Wir wissen nicht, ob es wieder geht. Letztes Jahr war es schon mal da. Wir warten. Sie will alles dunkel haben. Und keiner darf reden. Sie verträgt kein Geräusch. Ist sie schon tot, frage ich. Nein, sagt Barbara. Wir sitzen in der Küche und wissen nicht weiter. Franz will, dass ich bei ihnen übernachte. Und deine Mutter, sage ich. Schläft auf dem Stuhl. Und dein Vater. Kommt ganz leise und geht ganz leise. Die ganze Nacht versucht Franz, mich zu erdrücken. Auf der anderen Seite der Wand sitzt seine Mutter und lebt nicht und ist nicht tot. Ist das, weil sie Schauspielerin ist? Schneewittchen? Wer hat sie angesehen und nicht gesehen? Muss sie nicht sterben, frage ich am Morgen. Nein, sagt Barbara.
Und endlich bekommen wir Geld für unser Jugendzentrum und einen Sozialarbeiter. Axel heißt er und hat einen Bart, raucht Pfeife, fährt eine Ente. Seine Familie wohnt im Haus nebenan. Axel lächelt. Und sprich mit uns von du zu du. Wer in sein Büro

darf, ist was. Auch Bulle darf rein und Franz. Das Jugendzentrum hat eine Teestube, in der sehr leise gesprochen wird. Die Diskothek im Keller ist nur noch samstags offen und im Hellen. Wer will, kann tanzen, aber allein. Wolli zum Beispiel. Er tanzt nur barfuß, Augen zu. Er spricht nicht viel, ist aber in Indien gewesen. In der Teestube schweben die Tassen und riechen nach Jasmin. Frauen halten in langen Kleidern und ebensolchen Haaren auf Sitzkissen still. Ich schaue auf zu ihnen und den Bildern, die an die Wände gemalt sind, die meisten in Schlangenform und bunt. Es gibt einige, die genau wissen, was das bedeutet. Marco zum Beispiel, ein Fotograf, der eine Ente fährt und älter ist. Viele gehen auf die PH, Pädagogische Hochschule. Und auch ich wähle Pädagogik als schriftliches Hauptfach in der Schule, womit ich Französisch los bin. Und eines Samstags gehen alle Besucher des Jugendzentrums auf einen Trip. Was nicht verabredet ist. Ganz und gar nicht. Und so kommt es, dass alle die Treppe rauf und runter fliegen. Alle lachen, den ganzen Abend. Bis in die Nacht. Keiner will sich von der Treppe trennen. Wir sind doch Ballone.

Dienstags gibt es eine Gruppe, die heißt Gruppe und trifft sich im ersten Stock im Haus nebenan. In der Gruppe erfährt man sich irgendwie, aber das ist es gerade. Wir sitzen auf dem Boden, wir kennen uns nicht und sagen, was uns fehlt. Was uns nicht fehlt, müssen dann die anderen rausfinden und uns sagen.

Eines Abends kommt Humpes und sagt in der Gruppe einen Satz, der von Adorno ist und unglaublich, und er handelt von Liebe. Wir überlegen, ob wir nicht eine Kapitalschulung machen wollen. Aber dann kommt ein richtiger Therapeut in die Gruppe. Wir haben Angst vor ihm. Auch das ist es gerade, sagt er. Er ist ein Freund des Sozialarbeiters und Psychologe. Alle Frauen der Gruppe lädt er der Reihe nach mittwochs zum Schwimmen ein und versucht's dann. Es bietet sich an. Er sagt, es sei gut für sie. Ich meine, für uns. Nur Sabine geht nicht. Und will auch nicht mit Volker, der schon so lange ihr Freund ist. Volker malt und sieht Donovan ähnlich. Aber er will nicht malen, sondern Sabine. Sabine kommt aus einer großen Familie, und ihr Vater geht auf die Jagd. Zu Hause in ihrem Wohnzimmer steht eine sehr große Couch. Volker malt Schuhe und Straßen mit Himmel. Und wie Donovan kann er auch Gitarre spielen. Keine von uns versteht, warum Sabine nicht will, und warum dann eines Tages doch den Psychologen, der nicht schön und auch nicht schlank ist. Er sagt, Sabine habe einen Vaterkomplex, was wir uns merken. Und noch später geht es dann doch mit Volker.

28. Die Sterne scheinen. Who are you, sagt Bambi zum Stinktier, das seine Nase aus dem Laub steckt. Your slave, sagt das Stinktier, und hebt seinen Schwanz. An dieser Szene in meinem View-Master kann ich mich nicht satt sehen. Walt Disney spricht aus meiner Seele, die er erfasst hat. Scheinen ist ein Scheingefühl, sagt er, und Sehen. Ganz gelassen ist seine Stimme, mit der er auch zu Tieren spricht. Kein Vater im Himmel, aber aus Amerika. Ducks, sagen die Tiere. Es sind Schönhühnchen, Schönhähnchen und die schöne bunte Kuh. Und ich bete, dass auch ich, und nicht wie die beiden ersten Schwestern, zuerst ihnen zu essen geben würde, und nicht mir. Dann würde ich Ducks sagen können zu mir und dem Leben und ohne Frage.
Hör mal, sagt meine Mutter, was bist du so undurchsichtig, so eine trübe Tasse. Was verbirgst du, was isst du hinter meinem Rücken. Reiß dich zusammen. Hier wird nicht Trübsal geblasen. Nicht in meinem Haus. Tu was. Näh. Geh Pilze sammeln. Wir kennen keine Langeweile. Wer sich langweilt, hat kein Mitleid verdient. Ja, sage ich, und nehme meinen View-Master, in den ich geguckt habe und

die Bildscheibe von Bambi und Stinktier gedreht habe, und geh auf mein Zimmer. Haltet die Klappe, sage ich den Wänden als erstes und werfe den View-Master aufs Bett. Ich kann diesen Mist nicht mehr sehen. Was geht mich Bambi an, das blöde Stinktier. Wenn ich hier im Wald einem Eichhörnchen begegne, haut es sofort ab.
Im See in meinem Spielzeugdorf lag früher auch mein flaches Gesicht, das mit meinen Augen schaute, und mit meiner Nase roch und sprechen konnte mit meinem Mund und spucken und erkannte mich nicht. Weil ich der Himmel war im Dorf. Der herein und heraus schaut. Und der Spiegel liegt zuunterst in der Kiste, in die ich das Dörfchen jeden Tag verpackte, meine Mutter verlangte es so. Da liegt er noch immer. Und wenn ich schlafe, will der Spiegel wissen, wer ist die Schönste im ganzen Himmel. Und ich habe ein Beil und schlage es in den Spiegel der schönsten Frage. Der See ist aus Eis. Wer verspricht mir mich am weitesten. Wer verschließt mir die Augen am sanftesten. Wer kämmt mein Haar aus. Und du, Väterchen, sage ich zu meinem Vater in Gedanken, was gibst du mir, wenn ich weiterlebe? Nachtfalter, sagt mein Vater. Es sind alte Motten, aus seiner Lunge. Sie schweben im Zimmer, über Tisch und Stuhl, und Tisch und Stuhl werden immer kleiner. Am Morgen liegt mein Zimmer in Staub und Asche.
Ich kann nichts behalten. Alles, was ich von mir denke, ist zerstreut, ein Flattern im Zimmer. Wie krie-

ge ich mich unter einen Hut. Fang den Spitz, spiele ich mit mir und verliere immer. Ich war anders und bin anders und kann nicht wissen, was. Und auch nicht sehen. Nur fürchten. Weil das was anderes ist. Und flattern. Vor der Türe die versprochenen Nachtfalter. Machet auf das Tor. Der Wagen voll Staub und Asche. Ich komme, von wo ich begraben bin. Der Kopf fliegt voraus und sagt, kennst du Vögel? Wer ist mir über den Mund gefahren? Eine Hand. Eine Brust. Schlaf, Kindchen. So fahren sie über Münder. Und ein.
*Like a bird on a wire*, höre ich Leonard Cohen singen. Und ich weine. Die Nachbarn hatten einen Raben gefangen und wollten, dass er endlich sagt: Hier ist mein Zuhause. Was er nicht sagte. Nur Jakob, sagte Jakob, der Rabe. Und Punkt. Wofür sie ihn einsperrten. Bis er starb.

König in Deutsch fressen wir aus der Hand. Vor allem in der sechsten Stunde, wenn er und wir keine Lust mehr haben. Er trinkt Fanta und sagt: Erzählt. Er lacht und legt die Beine aufs Pult. Dann erzählt er. Vom Leben auf dem Land und seiner Frau in Köln. Was nicht eins ist. Nein, sagen wir und denken, König ist ein Schrank. Wir stecken Liebe rein. Und ordentlich. Und alles voll. Wie praktisch so ein Schrank doch ist. Auch wenn er überquillt. Meine Tante beispielsweise hatte einen Schrank für Dummheit. Und mit dem ist sie über den Teich bis nach

Amerika gekommen. Vorher hat sie ihr Lehrer in der Schule dumm gemacht, dann gelacht und erklärt: Du bist dumm. Er hat sie auf den höchsten Schrank im Klassenzimmer gesetzt. Dummheit schreit zum Himmel, sagt der Lehrer, und sieht so aus. Aha, sagen die Kinder und schreiben es fehlerfrei hin. Und als es geschrieben steht, lesen sie: Pfui, ruft da ein jeder. Sie schauen auf zu Tante Gertrud, die oben auf dem Schrank der Dummen für Dummheit sitzt und zum Himmel schreit. Wovor sich die Kinder die Ohren verschließen. Und sie hat auch dumm geheiratet, zwei Tage später war er schon gefallen.
So öffnen wir jeden Tag die Tür zu unserem Königsschrank, sagen was, lieben was, wissen auch nicht, und wieder Tür zu. Das ganze Schuljahr lang. Mit diesem Mann, von dem sie sagen, er trinke, und der ein Behältnis ist und Raum, und der zuhört, wenn wir was reintun. In diesen Liebesschrank, zu dem er uns überredet hat, in dem wir räumen und reden müssen. Und ich schreib's abends ins Tagebuch. So fängt im Kopf etwas an, mit dem ich wegkommen kann, merke ich. Und schreibe für König ein Referat über Brecht, oben in meinem Zimmer, an der Kommode vor dem Spiegel, in dem ich mich sehe, wenn ich aufschaue vom Schreiben. Draußen ist alles dunkel. Ich vergesse Haus und Mutter und Vater und das Dorf, in dem das Haus steht. Nur da in dem Licht der Lampe, zwischen Buch und Schreibbogen die Hand, und ich lege sie an den Kopf. Ich bin halb irre.

Bäumchen, Bäumchen wechsle dich, sage ich. Und frage, wo ist mein Körper. Dabei ist's der andere Baum. Und ich fange an, alles zu sehen, was da ist und was nicht da ist. Da wächst Denken. Und trägt Früchte. Denkäpfel, Denkbirnen. Ich bin viele Bäume, denke ich. Und denke an Bäume. Auch an Pferde. Von denen mein Vater die eine Hälfte hätte, mit der anderen flöge er. Zu mir auf den Baum. Wie Albers' Münchhausen, auf der Kanonenkugel. Im Fernsehen und durch es hindurch bis zu uns ins Zimmer, in dem mein Vater sitzt und ich auf seinem Schoß, und wir schauen ihm entgegen.
Wem die Pferde davongaloppieren, wem die Zügel schießen, dem wird das Fell bis über beide Ohren gezogen, die ganz rot sind, und das Fell schwimmt uns davon. Wir wollen Bäume werden, sagen die Ohren. Oder einem Pferd gehören, und die Zügel schießen lassen. Oh Mann, schreib ich ins Referat, hat Brecht gesagt.
Schon rufen die Papieräpfel: Wir sind überreif. Der Hahn hat alle Kreide gegessen. Ich will ihm den Schnabel stopfen. Ein Hügel ist eine Wirkung in der Landschaft, sage ich. Schon brennt der Dornbusch. Pferd kommt, Hahn kommt. Sie wollen, dass wir uns alle gute Nacht sagen. Gute Nacht, meine Lieben, sage ich mit Kreidestimme. Sie schlüpfen ein. In mir steckt alles. Niemand sonst. Bäumchen, Bäumchen wechsle dich, schreibe ich, mit gestopftem Maul, doch kein Hahn schreit. Ich bin nicht wieder da.

29. Eines Morgens sagt meine Mutter, mit diesen Schuhen gehst du nicht mit auf die Beerdigung. Es ist die Beerdigung von Tante Trienchen, und nur weil die Schuhe rot sind. Dann eben nicht, sage ich. Ich schließe mich im Bad ein und schreie, sie sollten endlich verschwinden. Bis sie weg sind. Halt doch den Mund, rufe ich ihnen hinterher und lege mich mit den Schuhen ins Bett. Kann aber nicht schlafen. Und denke an die Blumentapete von Tante Trienchen, an ihr Haus, das ein Schiff in der Wiese war, der Bug voll toter Grillen. Sie sagten Salon dazu. Das Haus stand dem Meeresgrund zugeneigt, die Apfelbäume auf der Wiese schwammen in blau und grün. Wo bin ich, träumte ich jede Nacht, die ich in diesem Haus verbrachte. Oben unterm Dach, unter der wie die Tapete geblümten Steppdecke und geringelt wie ein Fragezeichen. Bis ich am Morgen ihren Mann, Onkel Karl, aus dem Badezimmer stöhnen hörte. Er litt an Hämorrhoiden und wollte so gerne Autofahren lernen. In diesem Haus war meine Mutter geboren. Und vor ihr, ihre Mutter.
Ich könnte meinem Zimmer Beine machen, überlege ich, dem Schrank Flügel. Ich hole mein altes

Kommunionskleid hervor und versuche, Teile davon anzuziehen. Die weißen Spitzenhandschuhe beispielsweise, oder das Jäckchen. Obwohl ich das Gefühl habe, es ist alles umsonst. Das ist mein Zimmerspiel. Und irgendwie liegt da auf der Kommode die Schreibfaust, die meine ist. Knospt. Ich habe das Zittern meiner Eltern gegessen. Und es zitterte in mir. Kein Vogelzittern, kein Zitteraalzittern. Alles ist voll Fühlen. Aber kein einziges Gefühl. Ich spucke auf den Tisch, und nichts geschieht. Den ganzen Tag nicht, wochenlang. Soll ich meine Fäuste gegen Männerbrüste hämmern, im Mauseloch, immer weiter, bis ein Gefühl daraus wird?
Hügel atmen. Schweben. Träumen offenen Hügels. Mit aufgeschlagenen Augen. Komisches Gefühl das. Genau und ungenau. Nicht im Bilde und selber eins. Oh Freundschaft der Hügel, die ich Liebe nennen soll und Mädchen meine. Und lieber mit Mädchen gehe. Märchen bitte, sagen wir, die von schönen Kleidern und Vorfreude handeln. Wir nähen uns Schmetterlinge auf Hosen und Blusen, was uns beflügelt. Sogar auf der Unterhose tragen wir sie aufgedruckt. Wir wollen alles überwinden. Und überall scheinen. Und an allen Enden leuchten.
Beispielsweise sitze ich im Bus und träume zu den Fenstern hinaus, der Motor brummt. Auermühle, Städtisches Krankenhaus, Nordring, Südring. Wir müssen alles verändern. Die Zukunft ist jetzt und in uns. Die Zeit steht vor uns. Ich meine morgen. Was

nicht heißt, nur nicht heute. Die Zeit ist kein Engel. Auch keiner in Bayerkreuzform, was das erste Kreuz ist, das ich gesehen habe im Leben. Schreibt sich gekreuzt und ist am ersten Schultag das erste Wort von links nach rechts und am zweiten Schultag das erste von oben nach unten. So ist es von allen Seiten zu sehen, sagte die Lehrerin. Und hat Flügel.
Eben im Wald, durch den ich zur Bushaltestelle ging, rief ein Kuckuck, wie alt ich bin. Kämm doch die Haare aus der Stirn, sagt meine Mutter jeden Tag.

Am Ende dieses Schuljahrs kommen die Abiturientinnen nach bestandenem Abitur mit ihren kleinen Autos vorgefahren, verbrennen ihre Hefte und schreiben mit Lackfarbe: *Make Love, not School* auf den Schulhof. Dann fahren sie wieder weg. Und wir gehen in jeder Pause die Schrift ab. Bis sie abgelaufen ist. Und wir wieder in die Raucherecke gehen. Wo wir rauchen dürfen, und rauchen und lachen müssen, es geht nicht anders. Die Raucherecke ist draußen und am Ende der Schule, neben der Sporthalle. Die Lehrer kommen vorbei und grinsen. Die Lehrerinnen sagen, muss das sein. Wodurch wir nur noch mehr lachen müssen. Dann bekommen wir ein Raucherzimmer. Mädchen, sagen sie, die am Hinterausgang neben der Sporthalle rauchen, sehen nicht schön aus. Im Raucherzimmer steht auch eine Kaffeemaschine und Milch und Zucker. Wir wissen nicht, wer all das da rein gestellt hat, niemand hat darum gebeten, und wir kochen so viel Kaffee, wie wir nur können. Auch so stark wie möglich. Wir wollen wissen, was passiert. Und verrauchen Zigaretten und verbrauchen Kaffee. Bis nichts mehr da ist und das Zimmer nur noch aus Rauch besteht, was uns gefällt, und der Kaffee hat das Blut angeregt, das zur Hälfte aus Rauch besteht. Und schon wenden wir uns den Wänden zu, dem Anstrich, wir kratzen, lecken, saugen, dann kommt der Verputz dran, und schließlich sind wir mit unseren Fingern und Mündern zum Mauerwerk vorgedrungen. Die Kaffeemaschine ist durchgebrannt, der Boden klebt, Tassen und Teller liegen im Waschbecken. Unsere Stimmen werden sanfter, wir sind bald kaum mehr zu hören. Wir beißen, die Zähne tun uns weh. Uns darf keiner sehen. Wir machen Löcher. Lecken. Legen die Mauer frei. Einfach, um das Zimmer, die Wände loszuwerden. Wir wollen keine milden Gaben. Aber wir wollen das Zimmer nicht einfach nur weghaben, sondern verbrauchen, wir wollen es haben, und es soll weg sein. Wie wenn wir träumen, wenn wir nicht sind. Wenn wir nicht sind und träumen, nicht zu sein, träumen wir, zu träumen und an Land zu gehen von da aus, wo wir nicht sind und träumen. Wo Hügel sind. Wie wir. Und schöne Landschaft. Bäume, blühende Phantasie. So, stellen wir uns vor, kann alles anders werden. Sogar die Jungen, zu denen wir in der großen Pause nicht mehr gehen. Wir haben von der Wand der Erkenntnis gegessen, was sollen wir mit ihnen. Und wenn wir Geißlein im Bauch haben und unsere Stimmen so sanft sind, verstecken sie sich im Uhrenkasten. Was soll das. Wir müssen Wände sein.

30. Opladen ist eine Stadt neben Leverkusen und was anderes. Vor allem die Jungen vom Landrat-Lukas-Gymnasium. Sie kämpfen und wollen Mitverwaltung und drohen mit Demonstration, mit Streik sogar – dass sie einfach nicht mehr in die Schule gehen, wenn die Lehrer nicht endlich mal zuhören. Es lebe Mao Tse-tung, sagen sie mitten in der Schülerversammlung. Che Guevara auch. Und vor meinen Augen. Einer von ihnen redet von Hegel und lange. Seine Freunde nennen ihn Philosoph. Er gleicht einem Mädchen. Nicht nur wegen der Haare. Sie singen neue Töne. Von Schönheit, Freiheit, Gleichheit und Scheinen des Begriffs. Das klingt uns gerade recht, sagen sie.
Hinter der Schule auf der Wiese in einem kleinen Park, mitten in der Stadt, sitzen Schüler und Hippies, und wer sie unterscheiden kann, kriegt hundert Punkte. Außen herum gehen die Stadtbewohner und zeigen auf die, die auf der Wiese sitzen. Sie ziehen die Augenbrauen hoch und würden gerne ihre Augen auf sie werfen. Abknallen. Lasst sie doch, sagen ihre Frauen, es sind verrückte Vögel.
Während auf der Wiese Pläne geschmiedet werden und eine gewisse Geistesgegenwart. Wer Geist hat,

kann weit kommen, sagen sie. Beispielsweise mit der Phantasie. Und die soll an die Macht. Was aus Frankreich kommt. Die Phantasie ist aber auch im Körper und geht durch ihn durch.
Ist es das mit den Vögeln, sage ich. Auch, sagen sie. Und auch das mit dem Raben und dem Graben, und Sieben kommen durch die Welt? Ja. Auch acht, neun, zehn sogar, sage ich. Na klar, sagen sie, und sind mehr als zehn. Denn Geist haben, bedeutet auch, einer zu sein. Und wer ein Geist ist, spürt alles doppelt, sieht alles doppelt und weiß es auch doppelt. Für einen Geist bedeutet ein Wort auch kein Wort. Das ist das Geistige.
Und zusammen gehen wir auch in Opladen ins Rathaus protestieren. Denn wenn es Winter wird und im Park zu kalt, ist kein Jugendzentrum da. Nur eins in Leverkusen, eins in Köln, aber in Opladen? Und wo sollen wir hin mit all unserem Denken und der Phantasie, die durch uns hindurch geht. Und wieder spielen in einem Rathaus die Gitarren unsere kleinen Melodien von der Kuh, die Maybelline heißt und nicht wahr ist, was schade ist. Oder vom Stein, der rollt, it's all right, ma, I'm only bleeding.
Ich trage dicksohlige Schuhe, unter denen sich die Erde rund anfühlt. Und es ist wichtig zu spüren, dass ab und zu die Erde rund ist, und Boden unter den Füßen. Ich denke an die anderen und nenne mich wir. Dabei bin ich eine Kuh. Ich meine geistig. Ducks. Als es anfängt, kalt zu werden, kommt auf die Wie-

se im Park einer, den sie Johnny nennen. Johnny Winter, weil er wie der Musiker Johnny Winter weiße Haare hat und weiße Wimpern, die Haut so blass. Er setzt sich zu mir, ich schaue ihn an. So was habe ich an einem Jungen noch nie gesehen. Er ist durchsichtig. Tagelang. Ich weiß gar nicht, wo das Sehen hinführen soll und wo bei ihm aufhören. Zu Hause versuche ich das Gefühl aufzuschreiben. Es ist weiß wie Schnee, und ich weiß nicht, wohin ich es schreiben soll. Dann wird es Winter.
Ich lerne Wolfgang kennen, sie nennen ihn Ratte. Er hat bei der Schülerversammlung das mit Mao Tse-tung gerufen. In einem Schafsfellmantel setzt er sich nicht weit davon entfernt, wo Johnny Winter gesessen hat, auf eine rote Holzbank. Die Wiese ist zu kalt geworden. Wolfgang hat hellblaue Augen, und wenn er lacht, wiehert er. So dass ich ihn mehr für ein Pferd halte als für eine Ratte. Ich fahre mit ihm im letzten Bus, und zusammen warten wir auf den aus Köln. Er wohnt nicht weit von mir entfernt bei seiner Mutter. Sie hasst ihn, und er sie. Manchmal verprügelt er sie auch, und sie verbietet mir, länger in Rattes Zimmer zu sitzen, wo ich mich doch gerade erst hingesetzt habe, und sie ist schon dreimal da gewesen. Einmal mit Tee, dann mit Keksen, dann, weil sie was vergessen hat, und beim vierten Mal sagt sie, bitte gehen Sie aus dem Zimmer, Sie waren lang genug da. Und Ratte sagt: Bitte geh du aus dem Zimmer. Sie geht aber nicht. Sie sagt,

das ist mein Haus, und ich will, dass die junge Dame verschwindet.
Es hat geschneit, und wir gehen durch den Wald in ein tiefes Tal nach Altenberg. Als Kind war ich oft in diesem Tal, um den Märchenwald zu besuchen, in dem Märchen in Häusern wohnen und einen Blick durch Fenster gewähren. Ratte und ich gehen in ein Café, setzen uns mitten unter die Ausflügler, während es draußen schon wieder dunkel wird und das Licht im Café heller, fast strahlend. Ich habe das Gefühl, ich sitze zum ersten Mal in einem richtigen Leben mit einem Jungen am Tisch. Wir trinken Kaffee und greifen ab und zu nach unseren Händen, die wir verwechseln, und dann halten wir unsere eigenen Hände fest, und sie fühlen sich anders an. Ich hätte nie gedacht, dass so ein schöner Junge eines Tages mit mir da sitzen könnte. Tüchtig, aufrecht. Wie andere Gäste auch. Und wenn er mich ansieht, sehe ich, dass er mich ansieht, wenn ich ihn ansehe. Und ich ziehe den Rauch der Zigarette ein und glaube, auch der Rauch sieht mich.
Wir gehen oft in den Wald, der Boden ist kalt, und ich habe ständig Blasenentzündungen. Dann sitze ich mit Fieber in meinem Zimmer, im Deckenberg. Die Luft ist grau, das Auge draußen reglos von mir abgewandt. Ein unbestimmter Raum. Gleichgültig. Und winterhart. Wer hat mich abgeworfen. Hierhin, wo nichts ist, wenn nichts ist. Nur die Blase brennt. In den Vogelbäuchen quillt das Brot auf,

dann gefriert es, und der Vogel platzt. Ich schaue den Baum mit den Vogelbeeren an. Die Beeren träufeln rot ins Luftauge. Wässriges Rot. Siehst du mich? Wo wächst die blühende Phantasie. Und wann. Ein Vogel im eigenen Leib sein. Als ob ich kalten Hund gegessen hätte. Den wir kalte Schnauze nannten, und nicht zu verwechseln mit falschem Hasen, das ist der mit den Eiern im Bauch. Nach dem zweiten Stück kalte Schnauze wurde mir sofort übel, und ich wusste es und konnte doch nicht widerstehen. Der kalten Schnauze nicht und der auf den Fuß folgenden Übelkeit auch nicht. Denn dann schwebte ich am Rand der Übelkeit, die ein Abfall in den Bauch war. Und schön war es, wenn es gelang, drum herum zu schweben, um den See in mir aus Kokosfett und Zucker und Kakao.

Die roten Vogelbeeren tropfen vom Baum. Am Morgen sammle ich die erfrorenen Vögel auf. Wie schön Schnee ist. Eine Art Blüten mit bläulichem Blatt. Und ich weiß nicht, ob sie vom Himmel fallen oder wachsen. Jetzt liegen sie alle übereinander, und wenn ich drauf trete, geben sie nach und zeigen meinen Schuhabdruck. Ich bin da. Ich gehe. Und drücke mich ab auf der Erde, wohin ich auch gehe.

Ratte kennt eine Wohngemeinschaft. Sie hat sich in einem alten Haus eingerichtet, in dem lange keiner wohnte. Nur Tiere. Der Garten ist verwildert, und nachts brennt lange Licht. Gammler, sagen die Leute, wenn sie im Bus am Haus vorbeifahren. Es sind aber meistens nur Heinz und Motzer. Und Ratte geht rein und raus. Ich auch. Motzer schreit manchmal und fuchtelt mit einer Pistole herum. Sie ist echt. Ich denke an Dschingis Khan. Motzer ist der dünnste. Auch sein Haar und die Haut. Ich rede nicht mit ihm. Heinz Haare sind rot gefärbt. Wir wollen den Klassenkampf, sagt Heinz, und Motzer nickt. In seinem Zimmer schwenkt er die schwarze Fahne, die er von der Wand reißt. Er springt übers Bett und auf den Tisch. Der Boden liegt voller Wäsche und Bücher, die Heinz aufsammelt, während Motzer die Fahne schwenkt. Es schreit nur so aus ihm heraus. Heinz lacht. Ratte ist Pferd. Einmal, nachdem es geschneit hat, lässt sich Motzer in den Schnee fallen. Mit ausgebreiteten Armen. Heinz Haare leuchten im Dunkeln. Motzer ist eine Hexe, sage ich. Und sogar Motzer lacht. Als ich gehe, werfe ich die Türe zu und bin froh, dass mir das noch eingefallen ist.

*Stirbt die Erde, sterben auch die Söhne der Erde* heißt ein Film in der Schule über Indianer. Was aber ist mit den Töchtern, wenn Erde und Söhne sterben, und was, wenn sie tot sind. Wer ist zuerst dran. Und wer muss dran glauben.
Ich frage mich. Und wer hat mir meine Augen genommen und wer die Hände abgehackt.
Es ist der Hügel, der ich bin. Es ist das halbe Essen, das ich mir verordnet habe, um Ordnung zu schaffen.

Es ist der andere halbe Leib, der zu mir sagt, ich. Und er zeigt mich. Ich sage du zu ihm. Er bleibt beim ich.
Es ist auch Dschingis Khan. Und Winnetou mit seinem blutenden Knie und seiner Schwester, die nicht sterben darf, aber muss. Und Marlon Brando auch. Dann kommt noch Trotzki und der Kronstädter Aufstand, den er niederwarf, und so fiel auch er. Marlon Brando bleibt in Paris stecken. Rosa Luxemburg schwimmt im Landwehrkanal, und ist die Frau von niemand.
Willst du das, sagt meine Mutter.
Meine Cousine färbt sich die Haare schwarz. Flittchen, sagt meine Tante. Und bringt ihr in der Barackensiedlung mit dem Fahrrad Briketts und Holz vorbei. Ja, sagt meine Cousine, ich bin genauso ein armes Schwein wie meine Mutter.
Man ist nur einmal jung, sagt König, den wir nur noch manchmal auf dem Gang treffen.
Sabines Bruder sagt, ich mag dich nicht mehr. Jürgen sagt, ich würde dich gerne sehen, wenn ich könnte. Aber ich kann nicht. Warum bist du so, sagt Franz. Wer hat mir den Hals gewendet, und wer wendet mein Blatt? Denn ich weiß nicht, wo mir der Kopf steht. Oder habe ich ihn verloren, wie meine Mutter die Nerven, in der Zeit, als alle Mütter die Nerven verloren und ins Genesungswerk gehörten? Liegt mein Kopf am Schambein? Im Venushügel vergraben?

*31.* Meine Eltern sind nicht Luft für mich. Das Haus auch nicht. Die Lehrer auch nicht. Du bist ab heute Luft für mich, sage ich zu Elsemarie. Deren Mutter gesagt hat, ich sei ab heute Luft für Elsemarie, und sie solle sich nicht unterstehen, mit mir erwischt zu werden. Sie würde noch in der Gosse enden, und ich sei kein Umgang. Meine früher mal schöne Mutter, das Mädchen aus der Stadt, einziges Kind, Lehrerin, und dann hat sie einen Bauern geheiratet und sechs Kinder gekriegt, sagt Elsemarie. Die ab heute Luft für mich ist wie ich für sie.
Nur weil wir zu spät nach Hause gekommen sind, sagen wir und können uns nicht mehr fassen. Die Busse waren schon alle gefahren, und wir hatten zwei Stunden zu Fuß gehen müssen. Wir haben gesungen und wussten, es war dumm, so spät nach Hause zu kommen. Wir sangen lauter. Die Erde krümmte sich, wir liefen im Straßengraben. Wir hatten nicht weggehen wollen von der Band. Auch als die Musiker schon keine Lieder mehr spielten und alles einpackten, sind wir sitzen geblieben. Sollten solche jungen Männer etwa nichts für uns sein. Die Band heißt *Dream*. Kommt von *Cream*, sagte Frank, den

wir schon eine Ewigkeit im Schülerbus bewunderten. Aber es war kein Platz mehr im Auto, und sie sind ohne uns weggefahren. Gerecht war das nicht. Höchstens brüderlich. You make me cream, singen wir auf unserem Fußmarsch, sind uns aber nicht sicher, ob wir da nicht was verwechseln. Sicher, wir hätten rechtzeitig gehen können. Mein Vater wollte uns, wie verabredet, abholen. Wir bleiben lieber noch ein bisschen, habe ich gesagt und ihm nachgewinkt. Pechmarien. Ab heute Luft füreinander, die wir atmen, und der wir zuhören. Dann gehen wir jede als ihre eigene Luft davon.

Du bist nicht mehr meine Freundin, schreibe ich schweren Herzens zu Hause in mein Heft. Und lerne es auswendig.

Im Traum gibt mir Elsemarie einen Schuh und lacht. Es ist ihrer. Und aus dem Schuh wachsen Blumen. Sie ähneln Beinen. Die gehen wollen. Und wenn nicht auf Erden, dann im Himmel. Wer hat mir meine Freundin weggenommen.

Es waren einmal eine Mutter und ein Vater, die wollten das Herz ihres Kindes. Warum wussten sie auch nicht. Aber sie wollten es. Und für sich. Und es war ein Leichtes für sie, zum Herz ihres Kindes Zugang zu finden. So gingen sie jeden Tag hin und abends wieder weg. Das Kind sagte nichts, es gehörte ja seinen Eltern und konnte auch nicht sehen, ob sie zu seinem Herzen gingen oder irgendwo anders hin in ihm. Zum Magen, zur Blase oder zur Leber. Weil alles pochte und auch die Schritte der Eltern in ihm. Natürlich spürte das Kind. Und lernte, was Eltern reden, wenn sie nahe seinem Herzen sind. Vom Fliegen reden sie. Von anderen Kindern und von allem, das nichts geworden ist. Wofür das Herz des Kindes einsteht. Steh still, bitten seine Eltern, aber das Kind kann doch nicht. Das Herz glaubt, es schlägt, und so wächst es und wird weiter. Vögel sind auch da. Fische. Und alle werden gefühlt vom Herzen, das für alles, was nichts geworden ist, einsteht, und als Wort. Keine Nacht weiß das Kind, wo ihm der Kopf steht, und es fühlt, so viel es kann. Ist das herhalten? Oder aushalten? Nun hört mir mal zu, erhebt das Kind mit einem Mal seine Stimme. Aber da steht schon die Mutter am Bett und will direkten Zugang zum Herzen. Das Kind versucht, sich schlafend zu stellen. Was, weil es dunkel ist und die Mutter nicht weiß, ob sie geträumt oder das Kind im Traum gesprochen hat, gelingt. Sie geht wieder. Was noch lange keine Wendung ist. Auch keine Mauser.

Denn eine Maus lacht nur, solange die Katze weint. Die Katze weint beispielsweise wegen Paulinchen. Und während sie weint, läuft die Maus auf Zehenspitzen und mit Übermut und fällt auch schon Hals über Kopf, und im Fallen sagt sie sich: Fass. Aber das ist kein Denken. Das arme Tier verwechselt alles und hat einen Dachschaden. Wo ist meine Maus geblieben, ruft da auch schon die Katze, sobald die letzte Träne vergossen ist. Dabei geht's ihr wie im-

mer nur ums Spiel. Und sie schwört sich, entsprechend spielerisch, dass noch die Fetzen fliegen werden. Mehr, sagt die Katze, fällt mir nicht ein.
Und so gehen die Geschichten von Katzen und Mäusen und Kindern und Eltern und Herzen und wofür sie einstehen. Und sie gehen zu Herzen. Woher sie nicht kommen. Und fallen dann manchmal schwerer noch als Steine von da wieder runter. Als ob's ein Berg gewesen wäre, der sich auf mich gelegt hat. Oh Berg. Und ich verliere Elsemarie. Sie verschwindet durch ein Loch, das ich in die Luft gestarrt habe. Durch das ich nichts mehr sehen kann. Nicht die Küche hinter der Gaststube, nicht die Ställe und den Jagdhund Asta auch nicht. Ich fürchte mich vor Bauern. Sie essen trockenes Brot und Speck, und alles riecht säuerlich. Die Wirtschaft steht voll Bier und Rauch, und hinter dem Tresen stehen Elsemaries Brüder. Das Zimmer mit der Aufschrift *Privat*, in dem wir so oft hockten. Die toten Tiere, die die Freunde ihres Vaters von der Jagd mitbringen und vor dem Badezimmer im Flur liegen lassen. Wo auch die Tiefkühltruhen stehen, aus denen Elsemaries Mutter die fertig panierten Schnitzel holt. Schließlich Elsemaries Lied vom Vogel in der Nacht, das ich behalte.
Einmal war ich mit meinen Cousinen und meiner Mutter in Bayern. Wir wohnten in der Scheune, schliefen in einem Anhänger voll Stroh. Das ist romantisch, sagte meine Mutter. In der Nacht kam ein

Gewitter. Wir haben an der Haustür gestanden und geguckt, wo ihr bleibt, sagten die Bauern am Morgen. Wir dachten, ihr seid tot. Dabei habt ihr nur geschlafen.
Hinter den Ställen lag ein kleiner Garten, in dem winzige Kirschen an den Bäumen hingen. Wir pflückten sie und versuchten, sie zu essen. Aber sie waren zu klein, um nach was zu schmecken. Trotzdem überlegten wir, sie zu pflücken und Marmelade daraus zu kochen. Um mal was anderes zu essen zu haben, als Zucker oder Schmalz auf dem Brot. Hinter den Schuppen stand auf einem leeren Feld eine zweirädrige Kutsche. Das Holz war grau, die Räder rostig und weit und breit kein Pferd. Tagelang hockten wir auf dem Kutschbock. Es war die Zeit, in der uns die Milchzähne ausfielen. Auch meinen Cousinen. Wir zählten sie jeden Abend, und manchmal fehlte einer am Morgen. Und wir überlegten uns, wenn wir Pferde hätten, könnten wir ihnen eine Schnur um den Hals legen, deren anderes Ende wir um unseren lockersten Milchzahn binden würden. Dann würden wir mit der Peitsche knallen, Pferd und Milchzahn würden davongaloppieren, und wir blieben zurück. Oft saßen wir mit geschlossenen Augen auf dem Kutschbock, sagten nichts, lachten nicht und waren auch nicht da.
Als wir nach vier Wochen wieder abgeholt wurden und nach Hause zurückkamen, in die Stadt mit Häusern und Menschen, wo es Apfelkraut aufs Brot gab

und Käse aus Holland, wussten wir, dass wir in einer Wüste gewesen waren. In der Gewitternacht, als die Bauern dachten, wir seien tot, hatte der Blitz in Bäume und eine nahe gelegene Elektrostation eingeschlagen. Jeden Tag gingen wir daraufhin die halb abgerissenen Bäume und das schwarze Dach der Elektrostation angucken. Woran wir sahen, dass wir nicht da gewesen sein konnten, sonst hätte der Blitz uns als erste erwischt. Und wir waren also wirklich nirgendwo gewesen. Wie lange Zeit Elsemarie und ich und das Lied vom Vogel in der Nacht. Das ich mir merke. Sim sala bim sala du, auf einem Baum ein Kuckuck saß.

32. Leider hat die Geographie in der Schule nichts zu tun mit Fragen wie: Wo komme ich her, was höre ich, wann gehe ich. Nein. Ganz und gar nicht. Sie hat mit dem Rücken zu tun und der schiefen Schulter, wo die Schultasche dran hängt mit *Dierckes Weltatlas* und Rohstoffquellenstatistiken und maßstäblichen Kontinenten. Was ist ein Gebirge, fragt Geographie- und Sozialwissenschaften-Krämer nie. Aber er fragt, wovon leben die, die in den Bergen leben. Woher sollen wir das wissen. Schaut in den Atlas und nicht zum Fenster raus. Auch in den Anti-Atlas, sage ich. Sei still, sagt Krämer. Auch im Anti-Atlas vergießen Menschen Tränen, sage ich, und im Schweiße ihres Angesichts. Ich will wissen, wovon sie leben, sagt Krämer. Und ich weiß, er will Phosphor hören, Eisen, womöglich Milchwirtschaft. Wonach mir der Sinn nicht steht. Ich habe einseitig belastet den *Diercke Weltatlas* hierher geschleppt – ganz schief das Kind – und bin so irgendwie bis zum Anti-Atlas rübergerutscht. Vor dem ich fast in die Knie gegangen wäre, aber da stehen Ulrikes verbrannte Kniekehlen vor. All das ist Geographie. Und Töne, lieber Krämer, sage ich, sind gar kein Ausdruck. Und

darum, ich bitte Sie, wo sind wir, und wo ist der Stoff roh? Ist ein Schmetterling ein Rohstoff? Oder ein Vogel? Nein, sage ich Krämer, sagen Sie nichts. Und stellen Sie sich vor, ich schlafe, bin ich dann ein Rohstoff? Helfe ich zumindest bei der Rohstoffgewinnung? Alles ist wie es ist. Vögel, Schmetterlinge, Schlaf, ich. Ja, ich singe im Schlaf und fördere Rohstoffe, von denen Berge beben, sage ich. Rufen Sie jetzt ruhig zur Ordnung. Aber wenn man plötzlich weiß, dass die Geographie mit allem etwas zu tun hat, ist es, als könnte auch ich da sein. Auch Hunde. Sogar Vögel. Womit alles zusammenhängt. Auch was fehl am Platz ist, dafür aber woanders unfehlbar. Beispielsweise als Frucht am Baum. Und Denkfrucht.

Nein, sagt Maritta, die schon das dritte Jahr neben mir sitzt, ich will nicht mehr so dummes Zeug sagen, nur um die Lehrer aus dem Konzept zu bringen. Nein, sagt sie, ich will jetzt kämpfen. Was nicht zum Lachen ist, sagt sie. Und zwar für die Befreiung. Ihr Freund ist ihr zu Kopf gestiegen. Was sie noch wütender macht. Er ist Marxist, sagt sie. Sie spricht ihm alles nach, sagen die anderen aus der Klasse, die nicht wirklich anders sind, seitdem Petra, Monika und Sabine nicht mehr dabei sind. Sie sind noch nicht einmal gegen die Schule oder die Eltern oder die Gesellschaft. Was Maritta und ich nicht verstehen können. Sie sind Kinder, sagen wir, obwohl sie sich schminken und einige einen Freund haben. Aber sie sind nicht gegen was. Und sagen nichts. Marittas Augenbrauen wachsen zusammen. Sie hat einen kleinen Schnurrbart. Ihr Vater wurde der schwarze Hubert genannt. Ich kenne Maritta und ihre Eltern von früher. Ihr Vater hatte eine Kohlenhandlung, mit Bergen von Briketts und Kohlen im Hof. Gleich neben dem Bestattungsunternehmen, von dem alle meine Familienmitglieder beerdigt worden sind. Und Kohlenhändler und Bestatter hatten ihre Büros gleich gegenüber dem Krankenhaus, in dem Tante Fine nach der Geburt ihres dritten Kinds eine Leiche auf dem Gang liegen sah und sich schwor, nie mehr da hinein zu gehen. Maritta war vorher in einem von Nonnen geleiteten Gymnasium, wo sie unter dem Rock immer eine lange Hose tragen musste. Da haben wir es wieder, sage ich. Einfach ekelhaft. Und alles hängt mit der Geographie zusammen. Denk nur an die Sterne, sage ich. Sie treten aus dem Haus, und wir haben sie nicht im Griff. Dabei sind wir schon sechzehn. Die Sterne leuchten. Und sind weiter weg, als wir denken. Und wenn wir es denken, kommen sie uns auch nicht näher. Sieh dir Sterntaler an. Hat alle Hände voll zu tun. Das arme Kind. All die Knochen, die es hinter sich werfen muss. Dabei sagt Sterntaler Freiheit zum Himmel. Und reckt seinen dünnen Arm. Von all dem Knochenwerfen weiß Sterntaler nicht mehr, wo seine eigenen Knochen anfangen und wo die, mit denen seine Wege gepflastert sind. Welcher Arm ist es denn nun, der sich

zum Himmel reckt. Einer aus Eisen. Ein Kriegsarm, der abgerissen im Feld liegt. Der eigene? Sterntaler weiß es nicht. Die Sterne auch nicht.
Natürlich der linke, sagt Maritta. Und an diesem Tag gehen wir zusammen in die große Pause, rauchen, und Maritta sagt, ich bin froh, wenn alles vorbei ist.
Im Club, wie wir unser Jugendzentrum nennen, lerne ich Wilfred kennen. Er gehört keiner Gruppe an, ist aber Schüler. Auch er geht aufs Landrat-Lukas-Gymnasium, und sobald die Schule aus ist, ist er im Club. Ich glaube, er ist verrückt. Aber anders als Franz. Er sagt, er will nirgendwo hingehören. Er raucht HB in Stangen. Zieht dabei die Wangen ein und den Rauch bis in die Zehen. Was lange dauert. Wilfred spielt und ist nicht er selber. Meistens spielt er Verehrer. Er kann alles verehren. Wörter, Töne, Freunde und Mädchen. Ich weiß nicht, ob ich mir Sorgen machen soll. Und ob um ihn oder um mich. Alle im Club tun das, und zur Belohnung spielt er einen Extraverehrer. Wir überlegen, ob er übergeschnappt ist. Und befürchten, dass er nicht mehr weiß, wer er ist. Er sagt, das ist ihm egal, und dass er zum Fernsehen will. Küsst uns aber stets die Hand, er ist nicht so. Und wir sagen, er ist ein Nihilist. Was ein neues Wort ist. Spießer ist auch eins und Defaitist. Das schönste aber ist Revanchist, mit der Rache im Maul.

33. Briefe sind Beine. Ich mache Bernhard welche. Den ich auch aus dem Club kenne, auch er ist Schüler auf dem Landrat-Lukas-Gymnasium. Er weiß alles von Brecht und hilft mir bei einer Gedichtinterpretation. Seine Freunde nennen ihn Abriss der Psychoanalyse Band eins bis vier. Ich schreibe ihm und von Anfang an, was ist der Sinn des Lebens. Warum bin ich kein Vogel. Ich möchte ein Baum sein. Und er macht mir auch Beine und schreibt zurück. Was ich nicht lesen kann, und ich schreibe, du musst es mir vorlesen. Vorgelesene Beine sind keine, schreibt er. Was ich auch nicht lesen kann. Und so treffen wir uns, und er schreibt, während er neben mir sitzt, seine Briefe ab, und bei jedem Wort, das ich nicht lesen kann, sage ich: Noch mal. So viele Beine, sage ich. Ja, sagt er. Aber es sind nicht genug. Wir schreiben wieder welche. Und müssen uns treffen, und diesmal schreibt er seinen Brief auf meinen Knien. Wir sitzen im *Topos*, dem Jazzlokal des ersten Hippies in Leverkusen, auf orangen Bänken. Es ist dunkel, nur in einer Ecke flimmern sechs Fernseher. Die helfen uns lesen.

Auf einem Bein, schreibe ich ihm im nächsten Brief,

können wir zu zweit nicht stehen. Und hüte meine Zunge. Ist Liebe ein Zaun?
Daniela aus meiner Klasse leiht mir ihre Kaninchenfelljacke. Sie ist Französin, ihr Vater Chemiker, und sie wohnen in einer Kolonie, die Chemiker-Kolonie heißt. Daniela trägt schottische Faltenröcke und raucht. Sie ist älter als wir und muss ihren Taschen und Heften und Büchern hinterherlaufen und lässt sie zunächst erst mal liegen, bis sie ihr wieder einfallen. Dann rennt sie los. Sie kommt nicht aus mit ihren Sachen und die nicht mit ihr. Sie finden keine Ordnung zusammen. Auch im Unterricht kommt Daniela nicht mit. Noch nicht einmal in Französisch. Mit ein paar anderen aus der Klasse bin ich bei ihr zum Kaffeetrinken eingeladen. Wir sitzen in einem großen Salon. Und natürlich hören wir Charles Aznavour. An der Wand hängt ein Bild von einem Meer, das branden will, dann aber hochgesträubt festhängt und nicht loskommt. Nicht vom Bild und nicht von sich. Ich sitze auf dem Boden, und Daniela macht Fotos. Auf einem bin ich und habe die Augen zu. Ich kann mir nicht vorstellen, dass ich so aussehe. Und dann steige ich in Danielas Kaninchenfelljacke die Treppe zu Bernhards Zimmer unterm Dach hoch. Wo auch Oma Ostholz wohnt. Und an die Tür klopft und ruft: Stör ich, Herr Blanke? Können Sie mir helfen?
Das Zimmer ist winzig, die Decke schräg. Das Fenster ist eine Luke. Dafür gibt es hier keine Eltern.

Überall sind Bücher und verstellen alles. Auch auf dem Bett liegen sie, und wir räumen es frei. Um uns hinzusetzen und den Brief von gestern zu lesen. Und den von heute? Wir müssen ihn uns zurechtlegen, sage ich. Meine Liebe, schreibt Bernhard, und ich lese, bist du heute ein Vogel oder ein Baum? Oder in der Jacke ein Hase? Du darfst nicht aufhören, schreibe ich dazwischen. Ich bin nicht zu retten. Und Bernhard schreibt, ich drücke dich an mich. Ist das Wachsen?

Ein Bett ist ein gewendetes Blatt. Auf dem sich das Geschriebene abdrückt. Auf dem ich die Beine, die Briefe sind, gehen sehe. Und die Kehlen der Knie schließlich, singen.

Über den Flur läuft Oma Ostholz ins Bad, in dem kaltes Wasser fließt für uns alle, die hier oben in diesen Zimmern wohnen, und die lieber Schneewittchen sind, wenn sie nicht arbeiten.

34. Und ich schlafe und wachse weiter in der Geschichte, dass ein Mädchen ein Hügel ist am *Wounded Knee.* Sich trennend von den Bergen, ausdehnend, schwellend, erwachsend. Inneres ausbildend. Löcher, Höhlen. Alte und neue Adern. Dann das Ausschlagen, Auswachsen: Bäume, Blau des Himmels, kleine Wolken überm Hügel, die Blätter der Bäume, die Tiere, Hase, Hahn. Und die Kehlen der Knie singen. Wenn ich ein Indianer wäre, träume ich, oder ein Vogel. Oder beides und wirklich ein Indianer. Altes Lied. Meine Güte, jetzt schwimmt es durch mein Zimmer, strandet, bleibt am Hügel hängen. Wie 'ne Schallplatte. So 'ne kleine Schallplatte, Johnny Haliday, *Monsieur 2000 Volt*, oder Jane Birkin, *Je t'aime*, was meine Cousine Andrea hört mit offenem Fenster, und schon kommt Tante Lucie über den Hof gelaufen und schreit, dass sie's sofort abstellen soll. Wenn das die Schlafmänner hören. Die ja noch immer da sind in ihrem Schneewittchenschlaf. Der nicht gestört werden darf. Je t'aime, was heißt denn das, sagt Tante Lucie.
Ich bin krank und war gestern nicht bei Bernhard. Ich kann mich nicht regen und schlafe weiter. Danielas

Kaninchenfelljacke habe ich ihr zurückgegeben. Und mein Vater hat mich wieder gefragt, ob wir nicht besser tot wären. Wir könnten sterben, sagt er im Auto und schlägt aufs Lenkrad. Ich weiß es wirklich nicht, sage ich. Am Abend ist Bernhard da gewesen, sagt meine Mutter. Sie hat ihn noch nie gesehen und wusste auch nichts von ihm. Er hat sich Sorgen gemacht, sagt sie, und dich gesucht. Ich habe ihm was zu essen gemacht und dann ist er wieder gefahren. Wir wollten dich nicht aufwecken. Ist das das Ende vom Lied, zu dem meine Mutter Anfang sagt?

Es geht sehr schnell. Wir haben keine Zeit. Wir müssen weinen, wenn wir zusammen sind. Irgendwas ist losgestürzt. Über uns und über die Welt. Dann sagen wir, wir kommen, und wir gehen raus und nehmen unsere Beine unter den Arm, aber da ist nichts draußen außer uns. Und wir schwören uns, über alles zu reden. Und alles zu sagen. Das wird uns helfen. So ein Gefühl haben wir noch nie gehabt. Und es fasst uns immer an. Und wir reden in Bernhards Dachzimmer, jeden Tag ein Gefühl von hier nach da. Wir sitzen auf der Bettkante und buchstabieren. Wir sagen: Liebe, Angst, Einsamkeit. Was in kein Zimmer passt. Kommt raus, rufen wir. Und Bernhard erhebt die Faust.
Ich höre auf alles von ihm. Und als er sagt, wir müssen zusammen wohnen, bestehe ich nur darauf, dass mein Zimmer dunkelrot gestrichen wird.

Und ich nenne meine Mutter Berg zum Abschied. Und meinen Vater Wüste. Und besorge ihnen zwei Katzen. Und sie sind brav und schließen Freundschaft mit den Tieren. Mein Vater mehr mit dem roten Kater und meine Mutter mehr mit der Katze, die grau ist, und auch Grau heißt.

35. Dann sind wir von einem Tag auf den anderen allein in einer Wohnung, sitzen zwischen selbstgestrichenen Möbeln und unseren Büchern. Ich ziehe mich in mein Zimmer zurück, und Bernhard muss nach der Schule Bücher oder Medikamente ausfahren, je nachdem, welcher Wochentag ist. Beim Metzger an der Ecke kauft er manchmal am Abend zwei Koteletts. Oder Fleischwurst für die Brötchen, wenn wir am nächsten Tag erst um zehn Uhr Schule haben. Ich weiß nicht, was das bedeutet, und rühre mich nicht und hänge mit allen Nerven fest im Zimmer. Aber der Himmel ist groß und groß zum Vergessen. Und eines Tages setze ich mich in den Park, schaue mal mit einem Auge, mal mit dem anderen, sehe junge Männer, sehe Bernhard, der sich, sagt er, zwischen revolutionärem Kampf und Theater nicht entscheiden kann, als mir ein Tier zugelaufen kommt. Ja, es ist einfach da. Ich sage es keinem und binde es an der Bank fest. Falada heißt das Pferd, dessen Kopf am Tor hängt. Ich aber hörte von der Märchenschallplatte meiner Cousinen in Oberkassel: Ufalah. Und Ufalah konnte nur Ufalah sagen und wusste nichts und hing nur da, wo eigentlich Falada

hing. Der alles gewusst hätte und der sprechen konnte. Aber Ufalah half mir nicht. Und auch nicht dem König, der Kürtchen fragte, wie das Pferd denn heiße. Und Kürtchen sagte, Ufalah. Oh Falada. Woher soll ich wissen, dass ich bin. Kann denn, was nicht da ist, nicht sein? Als es dunkel wird, binde ich das Tier wieder los und gehe mit ihm durch die Birkenbergstraße in unsere Wohnung. In der mein Vater am nächsten Tag aufkreuzt und sagt, ich will dich besuchen. Wo ist das Tier? Wir holen es aus dem Zimmer, in dem Bernhard wohnt, und setzen es zwischen uns und die rot gestrichenen Wänden. Pass auf es auf, sagt mein Vater und fährt dann wieder dahin, von wo ich ausgezogen bin und nicht mehr sage: Hier ist mein Zuhause. Dort setzt er sich in die Küche und denkt ans Sterben, an das Tier in der Birkenbergstraße, gibt dann den Katzen zu fressen und sagt meiner Mutter nicht guten Tag. Auch sonst nichts. Und spaziert über die Felder, schaut auf Leverkusen und stellt sich weiter das Sterben vor. Er sagt nichts, seine Katzen gehen mit ihm, und ich sitze Wand an Wand mit einem jungen Mann, bin ein Hügel, und das Tier steht neben meinem Stuhl.
Wie soll ich das finden, sagt Bernhard, als er abends nach Hause kommt. Er hat Wind bekommen von dem Tier. Du sollst es nicht finden, sage ich. Aber es macht mich verrückt, wenn es da ist und ich's nicht finden kann in meinem Zimmer, sagt er. Und ich gebe dem Tier einen Wink, in die Küche zu ver-

schwinden, was es tut. Während Bernhard von Trotzki spricht und dass so vieles im Dunkeln liegt. Aus der Küche riecht es scharf. Wo ist die Liebe, wie sie im Buch steht, wegen der ich hier bin? Bernhard spricht von Trotzkis spitzem Bart, seiner Brille, er spricht von Lenin und *Was tun.* Und ich sage, ich weiß nicht, wie ich Trotzki finden soll. Oder Lenin. Und fass mich bloß nicht an. Na ja, sagte er, du musst es nur wollen. Ich aber will nicht wollen. Das will ich. Und er hört auf zu reden, schaut mich prüfend an. Ich auch.

Mein Tier bleibt in der Küche. Was soll ich mit einem Mann in einer Wohnung. Und was mit den erregten Stimmen der Trotzkisten, die sich dienstagabends bei uns versammeln, und Brechts V-Effekt, der hier gerade spielt? Und alles so fremd aussehen lässt?

Als ich eines Morgens in die Küche komme, ist mein Tier nicht mehr da. Es ist nicht mehr da, das ist mir sofort klar. Und ich stehe da und warte, aber es bleibt wie es ist: nicht da. Dorthin will ich auch, überall dorthin, wo Nicht-da-sein ist. Weil ich ganz anders bin und die anderen, die auch Hügel sind, auch. Das Tier, denke ich, ist einfach vorangegangen. Auch die Sonne geht schnell, Mond, Sterne. Und ein Hügel ist so. Weg und da. Ach, wirf weg den Himmel, weh Hügel.

36. Ich sitze in meinem roten Zimmer und bin nicht da und bin da. Was eine Art zu denken ist, denke ich. Helga lerne ich in der Schülerbewegung in Opladen kennen. Sie ist die einzige Schülerin im Vorstand, Schwester von Walter, der dann studieren geht, und lässt sich nicht aus der Ruhe bringen. Ich bewundere sie. Sie ist auch sehr schön, und ich sage lange nichts zu ihr. Doch dann. Und sie sagt, ja, und dass sie das nicht von mir gedacht hätte. Sie suche schon lange eine Frau, um eine Gruppe zu gründen. Nur für Frauen. Und sie sagt, dein Freund Bernhard redet zuviel. Ja, sage ich, wir müssen uns organisieren.

Was auch die Trotzkisten jeden Dienstagabend sagen und sich streiten. Meistens fängt Volker an, und ab zehn Uhr schreit er. Kontinuierliche Selbstentzweiung, sagt er. Danny, der Vorsitzende der Sektionsgruppe, murmelt dann unter seinem blonden, oft fettigen Langhaar, die Augen hinter Kassengestellbrille hervordrängend: Organisieren, mobilisieren, rekrutieren, bewaffneter Aufstand. Und Volker sagt: Wenn man wahrhaft und ehrlich rational denkt, das ist nicht falsch.

Nenn mich doch, wie du willst, sagt Fritz Frost, den Volker als ersten anschreit, obwohl er Danny meint. Fritz Frost ist sehr ruhig. Er ist kein Trotzkist, bestimmt nicht. Er tut nur so. Und Bernhard sagt, schrei leise. Er und ich haben nur Kandidatenstatus, über den ich, obwohl er bloß sechs Monate dauert, nicht hinauskomme. Irgendwie kann ich mich nicht bewähren und den Mund nicht halten und erzähle, was am Abend diskutiert worden ist. Und das genau ist Verrat, sagen sie. Unbewusster, räumt Bernhard ein. Aber Verrat ist keine Bewährung. Und ich dann auch nicht mehr Kandidatin. Typisch Frau, sagt Danny, und Volker schreit schon wieder, obwohl es erst acht ist. Aber ich esse gerne die Plätzchen, die wir für das Treffen kaufen, und trinke Kaffee. Und ich darf, auch ohne Kandidatenstatus, sitzen bleiben. Wenn Volker nicht schreit, fehlt uns allen etwas. Einmal gehen wir zusammen in den Film *Panzerkreuzer Potemkin.* Nachher gibt es wieder den Streit darüber, ob Trotzki das nun angeordnet hat oder nicht. Auch mit Bernhard streite ich jeden Tag, und jeden Morgen muss ich ihm helfen, das Auto anzuschieben. Woraufhin ich mit Helga eine Frauengruppe gründe, zu der Bernhard keinen Zutritt hat. Und wenn wir uns in meinem Zimmer treffen, sitzt er nebenan, liest Trotzki und kaut an seinen roten Haaren. Da ist ein Unterschied, sagen wir leise. Und wissen selbst nicht welcher. Aber er ist da. Und ist ein Anfang. Und wir fragen die andere Helga und Marlies,

und es spricht sich rum. Wir hocken in meinem Zimmer eng zusammen und fragen uns, warum wir Frauen sind und warum Frauen keine Väter werden können. Und ewig dieses Muttersein. Überhaupt. Was ist eine Frau. Helga stellt sich auf mein Bett und sagt: Meine Güte. Ich stelle mich auf den von Bernhard selbstgezimmerten Schreibtisch und sage: Nun ja, vielleicht sind wir gar nicht da. Ja, sagen die anderen, wir wollen gar nicht da sein, wo wir sind. Wir wollen woanders sein, schreiben wir in unsere Hefte, in die wir schon *Ursprung der Familie*, *Zur Frauenfrage* und *Ein Zimmer für sich allein* reingeschrieben haben. Und dann stellt sich Marlies aufs Bett und sagt: Komm, Zimmer für mich allein. Und die andere Helga steht schon auf dem Stuhl und ruft: Liebe Liebe, hier sind wir. Und sind nicht wir, schreie ich auf dem Schreibtisch. Scheiß Spiel, schreit Helga. Und noch bevor der Hahn schreit, sind wir die Pechmarie. Und das, sagen wir, ist der Unterschied zwischen Theorie und Praxis. Und dass wir nicht da sein wollen, wo wir sind, sage ich. Und ich verstehe das eine und das andere so wenig wie den Unterschied zwischen Berg und Tal. Nichts ist da. Die Sterne leuchten im All. Dem wollen wir gewachsen sein. Ein Hügel kann auch eine Pflanze sein, sage ich. Und Pflanzenlieder singen.
Helga verliebt sich dann in mich, und der Knatsch fängt an. Bärbel kommt dazu, die älter ist als wir. Wir finden sie interessant, sie geht nicht mehr zur

Schule und studiert Kunst. Bärbel hat glatte blonde Haare und trägt nur Jeans, ich nur lange Röcke. Und die Frauengruppe aus Köln, die wir solidarisch besuchen, heißt *SoFa*, und ich empfinde sie auch so. Und ich träume von einer aus der Gruppe, die einen Hintern hat, der ein Sofa ist. Und dann verliebt sich die andere Helga in Helga, die dann lesbisch wird. Sie weiß auch nicht, für wie lange. Und wir alle schreiben uns Briefe, in denen wir schreiben, was die anderen uns geschrieben haben. Und wie flach alles geworden ist. Aber kann ein Hügel flach sein? Solange das Meer da war, ja. Das sich jetzt in Luft aufgelöst hat.

37. Dann stirbt mein Vater. Der Rabe sagt: Jakob. Und nicht etwa: Hier ist mein Zuhause. Ich stürze mich in den Graben. Der Rabe frisst mich. Mein Vater hat sich das Pferd von Albers' Münchhausen geliehen, um mir die Sprache zu verschlagen. Er will mich nur ganz klein heiraten. Und reitet für mich auf einem halben Pferd. Die Blumen, die ich ihm ins Krankenhaus gebracht habe, werfe ich aufs Feld. Es sind Pong Pong-Dahlien. Hör zu, sage ich noch schnell zum Raben, bevor er mich frisst, ich bin mir nicht sicher, ob das nicht das Ende ist.
Es ist schön auf dem Land, sagen die Städter und schreiten im Frühtau munter voran. Hügel, sagen sie, sind kleine Fische.